木葉童子詩経

復刻版

限りなくいつくしみ給へる
御父母《おんちゝはゝ》にささぐ

この書に題す

還り去つてしまふ日までは
こんな事をなし
こんなことを
書くのであらう
さびしさはつきぬ
わたくしには
まるでわからない

春のしびれの湖　　　齋藤岬畫

目次

象眼篇

木之葉童子之歌

しびれ湖篇

「隨縁消日月」

焼けた板小屋の前にゐる童子　二十五歳八月

木《こっ》葉《ぱ》童《どう》子《じ》詩《し》經《きょう》

復刻版

象眼篇

幾度生れ來るとも

それは二日とあり得ない
そして　又それは二人とあり得ない

春の蟻

藁屋のいほりにひとりぞ
湖はしびれと云へる名を持ちて
住みし小屋のあるじは
木の葉の童子と言はれたり

或夜　石油とぎれたれば
ランプのひかりなく
暗の牀《ゆか》を歩みて
遊びにくる蟻を　ふみやしないかと思ひて心うれひたり

蟻虫よ
わがやむなく歩むとき
じじとわたくしの藁草履の下《した》に
ふまれるなよ
祝祭《まつり》にみてる春の蟻の

うら〳〵かに地を飾る　かの小さき影なす蟻よ
よく暗を歩くわが草履にふまるることなかれよ
氣をつけてくれよ

されど　こんや　一夜だけなり
あすの晩は
きつと灯《あかり》をつけて
小屋を明るくなさんものを

失　題

そう云ふものから離れて
木に入つて行くやうの氣持がする
自然はそんなやうの氣がする

灯

庵につける灯をしたひて
翅ある昆蟲《むし》の
ひらめき來り
あこがれて
光の輪をいだけば
深き尊き神の岩の
扉のくだけて
造られしものは
火の中に消えうせぬ
暗の夜に
この昆蟲《むし》の

火をもとめて
灯を放さざるは
げに神の
そのよしを知りて
涙し給はむ

子風に

私の友の一人が
あかつきの川の音のする
古寺の本堂の裏に住んでゐた
木像が並んでゐる
わたくしがそのいつも友達の
坐る机と食卓の前に
腰を下すと
その友人は
思はず木像の首をひつこぬいて
何んとも云へぬうれしさうの顔付をして
わたくしを見ながら笑つてゐる
「いい話しよう」とて
すすけたやうの少さい紙片をめくつて
その第一枚を話し出した
「ここにとても安心した老女ありき
安心した　安心した！」と
くりかへしてゐる
それからは　いくらめくつても
駄目であつたが
とうとうその最後の紙片は

どうとも云へぬ美しい緑の二本の枝となつて
木の葉もたわわにゆれてゐた
友達は
その緑の枝葉を手にもつて
一年生の讀本のやうによみ上げた
けれどもそれは漢語なので
わたくしにはよくわからなかつた
そこで友達は
その意味はこうだと
川と山の音に耳をすまして私に云つた
「後《うしろ》に岩がないと水は流れない」
そこで私はこの言葉をかきとめて
目をさました
二十八才の九月十六日の朝である

山の晩餐

きうりとこうこうの晩餐のすみたれば
わたくしは
いざ　こよひもゆふべの如く
壁を這ふこほろぎの子供と遊ばんずる

こほろぎよ
よく飽きずこの壁を好みて來りつる
秋の夜長なり
我は童子　いま
腹くちくなりて書を採るものの憂し

こほろぎの子供よ

汝《なれ》もうりの餘りを食ひたりな
嬉しいぞや
さらば目を見合せ
ことばもなうこゝろからなる遊びをせん

しびれの山に湖《うみ》は靜まり
草中《くさなか》に虫の音もしげし
大いなる影はわたくし
小さなる影は汝《なれ》
共に心やはらかく落ち流れたり

さらば世を忘れ
しばし窓を開きて
こほろぎの子供よ
へだてなく
恙なき身をいたはりて
共にしばしの時を遊ばん

流音無終

爐邊に眼をつむれば
あの夕陽が見える
人も　太陽も　産む事も　死ぬ事も　この土も
皆ながれてゐるんだよ
春も流れ
雁もながれてゐる
女も　雪滴も　淋しさもながれてゐる
宇宙への思索
樂しいキャムプ

エベエレストへの登行
ことばを出す事も
泪にぬれることもながれてゐる
眠るも覺むるも　ながれである
悠々として
茫々として
私も又あなたも
この天地を流れてゐる
ただそれだけなんだよ

木葉山川の行

彼方なる彼方には天の中央ありて確なり
然るを人は身の汗ばみて
安らふ日の何處ぞや
されば其の日まで
貧しくまづしくありて可なりと觀ぜん
草一枚　木の葉ひとつ
からうじて生きる身にまつはればよしと思はん

されど人は何物か欲せんとす
その時齒をためすに石をかみ
心を豐饒にせむと掌《たなごころ》を用ひば
川のおのづから下に向ひて
流れ行くとひとしからん

然り　縁に隨ひて草の實はこぼるる
人よ　そはまことに涙と知らずや
餘悠あらば山を求むべし

山はこだまを持ちて木を藏し
高きにて見やれば下に海を得ん
海を得て
天を見やれば
靜かなる雲は白からん

ああ　されど願ひは小さくあれよ
人は貧しく其の日の糧に苦しむもの
一粒の豆のただ豆の狀《ありさま》に
ころがるを見るべし
ひよ然たるふくべよ
杳《よう》然として伊豆房總の山々は海にかすみみゆる
に

九十九里の鹽がすみを
悠々なる永遠と觀ぜん

夕暮はまことの神を宿す
このいのちのかなしみを
夕暮に托して
ほのかにもほのかにも
走り行く山をとらへ
いつの日か隱れ行く日に會はん
笑つて元素に還へる日を待つてふ
うれしい哉
十月のインデアンサムマアの最中《さなか》に
われ眞に
木葉童子《もくようどうじ》像と化せむ
一切遍通の天の中央よ

願はくば
地のわれに一つぶの水を下《おろ》し給へよ

三世の佛さま

はちの子にすみれたんぽぽこきまぜて三世の佛
に奉りてむ

うれしいうれしい東洋である
この歌をよんでは
幼兒のやうになるより外
この歌を讀む術をしらぬ

ねぐら

四十雀と頰白の大群が
（幾百となく）
夕暮時
しびれの峠の方へ飛んで行くのを見た
やがて別れて
ひとつ
ひとつ
そのねぐらにかへるのであらう

幼き小徑

われありし日の幼き歌を
羽につつみて
やはらかき毬となしぬ

この羽の音は遠き春にと打ちかすみぬ
されどなほ
われの春毬の歌に合せて
その古き日の如く
うれひなき黄金《きん》の聲に
歌うたはばやとおもふ
草の舟つくりなして
水の上に
うらうらと輕らかに
その春の陽をのせばやとおもふ

心とは顔であらう

いつ見ても
夕陽はおとなしい姿である

湖

湖よ
いとほしき湖よ
湖こそはわれを待ちたり
そのいくとせのあひだ
夜《よる》も　夜《よる》も
わが小屋に
燈火《ともしび》のつくを待てりしなり

かや草をむしりて

川邊《かはべり》にありて砂礫を讃吟するは深い哉
安閑乎として　山寺の秋は良い哉
春の間に落つる雪滴はのどかなる哉

つつじ

つつじの花むしりてありしかば
何にやらむ心さびしく
目をとぢて通りぬ
しびれの夕暮の湖邊の小《こ》徑《みち》なりし

言《ことば》

だが

かへりくるのは
ついにこの山々の夕日の中である

「天上大風」

良寛禪師
よく人に近く
よく深さに近く
よく
なつかしさに近し

言葉少なにわれ永劫
となりぬ

夕暮の蟻が寝んねしに行くところである

夕ぐれよ　夕ぐれよ
人間は二度とない
まるで雪のやうの言葉だ

山之蛇《をろち》の經

山の太郎のお庭には
わらびの春の地に敷きもえて
お庭から
木の暗《くれ》の夕を通ると
青空の方にまで
今　ほととぎすが啼いてゐる
春が過ぎたのかな
夜は草の中でたてた風呂に入る

春の青葉のほととぎすが
三色ないてゐる
風はない
ただしびれの山である
湖は前にゐる
バケツで水を呑む
風が吹いて風呂の火の音をたたせる
その音の――そして
山のしじまの太郎を慰むること
溫暖明朗たり
山の太郎　心を採りて
この燃ゆる火をなつかしむ
而して時は六月
草も木も露に休むを知る

——木の葉に朝風あり
夕の徑に小蟻のなつかしく
いそしむあり
丸太の小屋に雪は靜かに
水は西に傾いて高く
花は神の囀《さへづり》の状《ありさま》なり
春の湖　春の山
ひとり蟻の祝祭《まつり》を祝ふて
太郎のひとり夜もすがらの土に
庵の灯《ともしび》を含《ふふ》めば
春毎の山のみ膝の上には
幼兒の晴着の如き自然ありて
山の太郎は此處に

火と木をゆするなり
木をにぎつて榾《ほだ》をたけば
人眼よく火に生じて
なつかしきは象の眼《まなこ》なりと
洞達し來る

さらば蟻は風上にあり
記憶の中を山は走る
けだし極限の醍醐は
姿を過ぎたるもの
口をつぐみてこの木の葉のみ
甘露は水なるのみ
まことに風に乗りてきけば
大空を胎造し來るもの

四圍の深雪の中に
ただ岩にふく水なるもの
豪達して求むるものは
傳へんとするものにあらず
よく自ら内に
ほとばしる泉なり

――遊は大也　和は大也
集は中也
聖淨は小也
德はあきはてたるもの
明了とは僞也
力は大也
正は中也

無垢はただ幼兒也
石は男形にして砂は女形也
木は靜立し　草は大解し
眞は未だ味ならず
美は中也
諸佛なほ中にして
分別は小の小也
仁は喜びにして
謙遜はゆかしく
人間の聲は大にして
自足は絶豪也
これ即ち自然と云へるもの
人間の煩惱は光明也
これ卽ち生物と云へるもの

今夜と云へるものは
良く道程にしてなつかしさこゝに極まる

ここに鹽を好むしびれ湖の領主は
灰を食して
今、正確に大理石上に野苺の赤を置く也
風に後姿あり
絶大也
人間も又後姿にまで達するに於て
初めて唱《うた》に近づく幼兒たるを得む
されど究極して——顔面《おもて》は大也
こは絶對絶命の證明にして
その中央に眼《まなこ》そなはる
殆んど廓朗としてその地位を

天と競ふもの
良いかな　さらば人よ
「日」に供養して
限りなき葦草の經を作り
春のたんぽぽを延ばして
一つの石と　一つの石との間に
佳《こころよ》き火の住居を作れよ
永劫の修養をその
顔面に顯はし來れよ
その心の葦草《くさ》のふかれる音を聽き
麗窓の雪を爐邊にあぐらして
見得るはたくましいかな
人よ　よく遂には人たるべし
人を印しするはその狀態《ありさま》を過ぎたるもの

その感じを破つてほとばしるものなり
即ちまことの　さながらの　自然《おのづから》の
水のしづかに向ふところの深さにあるなり

――ここにさらば　おお　いざ正正として
蛇《をろち》は深きものなりと記《しるし》いでん
蛇《をろち》は靈を握《と》りて昇る
昇るものは深高として
春の月朔《ついたち》に祝ふべし
下るものは秋の晝也
清勁として風さわやかに
栗の梢に見よ
まことにしびれ湖の童子は
蛇《をろち》の羅漢を好む

――この間　盥《たらひ》にひやかしておいたわらび
盥《たらひ》に乗りて雨の夜
風に吹かれ湖の西岸に渡りぬ
山の太郎　朝
わらびのたらひを拾ひに
木の國より
草の國に歩み行きて
春のわらび拾ひて、こわきにかかへ
のどやかに草の子供と遊びゐしとき
うれしいかな
春の蛇《をろち》を見ぬ
靜かにも吉《よし》と這ひ給ふて
のどやかなる長き姿なり

青葉の山の喜びの眼なり
童子ゆつたりと蛇《をろち》の後《あと》から歩いて行く
をろちとどまりてけげんの顔して
草の間から
童子の目《まなこ》を見ぬ
うづくまつて
うれしい春のお話をしましたるかな
木葉童子《もくようどうじ》の青葉の山湖に
風も静かに
春の蛇《をろち》とあそぶ
そは唾《つばき》の如くやはらかきしびれの心《おもひ》なり
口に含みて雛を妊《はら》めるなつかしき印なり

蛙——をろち　良い哉

遠い遠い大いなる世界也
在るものを越えたる力
萬象を春に引きよせる深き力なり
童子　若し水の經を
「人間」に奉る時には
この兩者には
山の頂の火の經を捧げなむ
蛇《をろち》は古《いにしへ》に明《あきらか》也
爲《わざ》を開かず人に憎まる
されど童子の春に於ては
蟻をおきては
この二者に春種《うう》るなり
甘露の生きもの
漂へるが如く

堅氷の深さを破り
天の中央の雨に濡れ得るもの
廻り廻りて滴りの鹽と還れば
天の中央に
人間は蛇《をろち》の深さと合さり
蛙の悠と成生するなり

――かくて自然に給仕されたる不可思議ありて
その不可思議の
われにこの蛇《をろち》の歌を與へて去りぬ
しめりたる山の草中に
永劫の蛇《をろち》は喜びの眼を放ち
風の如く睡りて
再び萬物の流轉の中に新しく
生誕し來らん

良く良いかな
をろち　不思議せずして
不可思議　をろちし
かくて限りなき蛇《をろち》のうたは
しびれの山にこだまを求めてみちたり
滿ち足り　たいせんとして
ほとばしりかへる
斧を用ひてここに吹くが如く
蛇《をろち》 の羅漢を彫む
わが心
生れて初めてここに
この生に心行くを覺ゆるなり

九曳の幻

秋の光　脊すぢにあたたかく冷たき朝
蛇《をろち》の白骨《しらほね》ころがりてありしを見
近づきて手に採り
われ指にはさみて撫ぜたり
その山と海との遺傳は
傳はりてわれを遠くはなしつ
土を堀り　砂をかけ
石をたて
りんどうの花を植ゑて
眼《まなこ》をとぢぬ

蛇《をろち》よ
美はしく土を這ひたりな
望み小さく眼《まなこ》眞《まこと》に
地をはひたりな
まづしき小さきをろちよ
土に還りて萬代を經ぬるぞよ
安んじて
小楢木の風を聽けよかし

さて　いま
この秋のひかり
湖にあまねく　山にあまねければ
なれをよく暖めるに足らむ
夕陽はアタタカイ色なり
幸あれよ
われは未だ命《いのち》終らず
まよひまよひて生くるぞかし

おお　をろちよ
なれは終りて還る
休みあるとこしへの
雨に安んぜよ

松を折らんとして

松を折らんとしてをり得ざりける
草をむしらんとしてむしり得ざりける
この心　今發生せず　その太古　ききとして
古《いにしへ》に發光し
いま流れくるなりと觀ず
まことに
母は裸の子供に着物をきせたがるなり

この心
ながれめぐりて
心のしづくとなれば　すなはち
これ　これ　あるひは
杉を折り得ず
小草を惜しむの業行《ぎょうぎょう》を
得るにやあらむ

眞夜中の鼠

ねずみはおひ出すことをせざりし
空行く雲を見送るが如く
ねずみの走るを喜び迎へぬ
山の小屋の土の壁に

影を投げて
音をたてるねずみよ
われをいたはるその音の
音とてはねずみの足音のみ

秋もおそく
雪の近く
ねずみよ
寒からむ
眞夜中の可愛ゆき音響者の
ぼくの馬鈴薯《じやがいも》をかみ
ぼくの米びつに糞《ふん》して
相共に住めるなりける

雪の降る日も近し
いざ　眞夜中の騒がしきものよ
寒《つめた》さをふせぎ
藁を集《た》めて
暖かき巣《ねぐら》を作れよ
われも又手をかざして
爐火の城にこもる
山の冬を待ちわびんもの

灰

灰を食べましたるかな
灰よ
食べてもお腹をこはしはしないかな

粉の如きものなれども
心に泌みてなつかしいものなれば
われ　灰を食べましたるかな

しびれのいほりにありて
ウパニイの火をたく時
この世の切なる思ひに
灰を舌に乗せ
やがて　寒々と呑み下しますのなり
このいのちの淋しさをまぎらはすこの灰は
よくあたたかきわが胃の中を
下《くだ》り行くなり

しづかに古《いにしへ》の休息《いこひ》を求め
山椒の木を薪となして
爐邊に坐れば
われに糧のありやなしや
なつかし　この世の限り
この灰は
よくあたたかきわが胃をめぐり　めぐりて
くだりゆくなり

大和島根の國

大和島根の春を背負へる
豊葦原千秋いほえ瑞穂の國は
ほんたうに
わたくしの好の國に候

夜の小屋

蟻よ
よく參りたりな
春の夜　ぼくの寢顏を見に來たのかな
蟻よ　よく參りたりな
ぼく　ゆかにねて
夜の雨を聽いてゐる
蟻よ　よく歩きまはるよ
知るや
汝《な》れの歩めるところは
ぼくの顏にして
あごを渡り
頰をすぎ
鼻のところにためらひて
又、再び頰を下《くだ》るを
蟻よ　知るや
春の夜の牀《ゆか》にねて
なれに慰めらるる
この貧しき貧しき人の子を

許容

還り行く日の來ん時は
ものみなに許しを乞ふて
草木《くさき》の影をふまず
風をかぞへず

好める火と水をなつかしみつつ
虫を思ひ
やがて
靜かなる雲に入り
見なれざるひとの胸に消えんかと思ふ

欲しいと云ふ言葉

可愛いゝ子供が欲しい
その傍《そば》にゐたい

みみず

一匹のみみずの陽《ひ》干《ぼし》の中から
あらはれて來るしびれ湖の童子は
三伏の炎天土に干《ひ》たる
蚯蚓《みみず》を引ずり
土に埋めてその命數をいのりぬ

草陰の影のしほらしさよ
その夜あたかも
月明の七夕に當り
童子　地に虫を聞いて
なほ草に鳴く
つつましき
澄みたる
かのみみずのうたをききにき

いなばの白兎を思ひぬ

山の春の夕暮なりしぞ
よく兎はわが小屋の前を通りて
森の中にはね這入りぬ
春のわら屋立ちてあれば
兎とて何かうれしく
わたくしを見に來たなるべし
親はしき山の兎ぞよ
冬とならば
雪を飛ぶなるべし
夏となれば山にたはむるべし
されど今は春なれば
月に用事ある秋までは
森を遊びてすごやかなるべし

春の山を歩き度くなつたる故

春の山を歩き度くなりたる故
夜中に起きて
森を通り
山に登りたり
いただき近く來りて土に坐り
暗の霧を見つめたり
靜かなる春の山なりし
しんしんと耳鳴りの音に似て
神に似て造られし人の身の歎かひを聞きにし

その時　春の土に觸り度くなりたる故
膝をついて土を手に採り
脣にあて　食べ
又手毬《てだま》となして思ひを忘れし
味氣なきは人の心なるかな
あじけなきはこの心なるかな

蠅

茶わんの水に溺れて困りゐるはいを拾ひて
ゆかに置き
翅のぬれて動きがたき頸《うなじ》をたたいて
「そんなことをしてゐると死んじまうんだよ」
と
いたづらをする
素直に嬉しかりしよ
その日大昔の良ろしさの歸り來て
雲は山にあらはれ
想ひは爐邊にたたなひて
埃にみてる藁の小屋に
しばし
われ幸ある幼兒とはなりにし

佛様

おしやかさまは　ほんたうに
よい御人相をしてましますなり

低き人者の歌

臭氣鼻をつく
腐りし湖《うみ》のうなぎを手にとりて
われはよくこれを埋め得ざりし
青蠅のたかれるみみずの死骸を
やうやくにして土に埋む
量を計るは何ぞや
透徹はいまだ我の到れるところにあらず
春來れば　何れの枝か春を帶びざらんとの言葉
にすら
美しく動かさるる
あはれむべし

七月の山中に歴日あつて
自然のものを自然にかへすの大を知らざるなり

良いものは素直さに候

ああ
雪は水ぎはに消えてゐるであらう

心　影の如く顯はれて

われ　しびれにありし日
一日《ひとひ》　ゆくりなくも石を割りにし
その時　おのづから悲しくなりぬ
心とは　こころよ
さながらなるこころよ

獸性を合せ持つ人のかはゆき心よ
情《こころ》とは何處より來るや
薪に顔をうづめ　桃花を見て泣く
絶えやらず
ああ　至上とは
思ひなきものこそ至上なれ

夕暮の如く

むごたらしくも殺されたる蛇《をろち》を見て
そのうろこの間より
にじみ出るしびれ湖の領主は
しみじみと泌みるあの蛇《をろち》の白皮に
はらをおしあてて
この故なくして憎まるる
蛇《をろち》を
夕暮の如く
夕暮の如く思ふなり

瓜

うりをきざみましたる哉
夜毎の夜《よる》を迎へて
くらい小屋に
晩餐の夏の瓜を
きざみましたるかな

その時　きざむ瓜を待ちて
こほろぎの子供は

まないたのほとりに並びゐましたり
きざみ終りて瓜の種を與ふれば
ならびたるこほろぎのこどもは
すごやかに食べましたるよ

ものさへ言はまほし
晩餐の時のこほろぎのこどもよ
なれとわれと
ふたりして暮らしつる
幾夏の夜のさびしき晩餐よ

花咲かおぢいさま

花咲かおぢいさま——
今日もお話を聞きにきましたよ
さあ
このあたたかいえんがはで
きのふの續《つづき》を話して下さい
そら
ふとんをしきましたよ

星と子供

星を落さんものぞと
友に言ひて
屋根に登りし子供は英雄なる哉
其の澄みし空の浮びくるよ
其の子供のすみし目のうかび來るよ

快き哉
月なき星の夜の隈なさに
子供は
天を仰ひで
竿をふるよ

蝶々

春の頃や
秋の頃によく
藁屋の前に
蝶々がたのしく舞つて來た
それはほんたうにうれしそうだつた
そこで私は
紙をとつて少し淋しかつたが
「木葉童子　しびれに一人住みて蝶の
二匹にたのしむ」
と書きつけた

長《のど》閑《けさ》

若鶏の卵産みしか雪の日に
なきことめきて午後のにぎはし
良い歌である
卵　喜び　雪の日
雪滴の明るさ　なきことめくわかどり
これをきいて

人はさながらに桃源の山にさしかかる

冬の中にある春
それは春風ではなくて
冬の日に廣がるあの安靜である
コケッコ　コケッコ　コッとなくにはとりの聲
を私も又きいた
雪が上つて陽がさしてゐる
軒にはのどかのつぶが
雨となつて陽にひかりながら
後から後からおちてくる
これこそは
天地と言ふ湯殿のぬくとさである
それは波羅門教徒の心をさへ
發《ひら》いて
その心の中をやはらかにせずにはおかないもつ
と大きい自然である

長閑《のどけさ》は大道である
人にそこに行けないだけのものである
智慧　壯嚴　意志　聖
苦難の彼方に
桃の花は咲いてゐるやうに思はれてならない
偉業も　透徹も融けたる春の
養《やしなひ》にしかない
そしてこの若鷄の冬の午後をなきことめく
春はげに至奥の饗宴である
鍛えると言ひ

騎士と云ひ
崇高　骨格
お終《しま》ひには「力」をさへその堅い紐をといて
ゆるやかにさせてくれるものは
遂にこの大道の長閑さに期してゐる
それは海に敷きつめられたる春である
良ろしきものあり
その良ろしさの古《ふる》く　そのよろしさは
私をして冬の雪の午後を
ここに引寄せる
明るい雪ばれのしづくを引きよせる
それは兎に角
天上に續く人間の足場である
その足場の場所として

私はこよなくも
若鶏の卵を産んで祝ひないてゐる冬の
雪晴れの日をえらぶのである

ああ　せめて
死する日には汗ばみたくはない
どうかこの若鶏の聲の中に
ねむるを得たならば　山は遠く遠く私に幸をく
れる
だがかなはないであらう
されどもなほ私は
心の隅《すみ》の墓の銘には
このせめて
若どりの聲を　しづかに　うれしく

彫んでおきたく考へてゐる

黑　鶫

甲斐の國はしびれ垂火の湖《みづうみ》に黑つぐみなく春は來にけり

おお　黑つぐと云へば
くろつぐが啼いたなあ——
まるで夕暮をせきとめるやうにないた
あの響は向ふの森から湖上を渡つた
思ひ出すとなんだか
何にかにつかまりたいやうだ
自然のある限り
つぐみはつぐみを産んで
あの聲は
夕暮の中になくことをするだらう
せめて一人　人の中で黑鶫《くろつぐみ》とはなれないだらうか
まるで分らない
おお　自然よ
おんみは默つてなほ
更に更に續くであらう

木之葉童子之歌

草を見て思ひは切なりき

私はあなたの聲をききたい
思出の山に雲がかくれ　夕ぐれが遠くからつつむ頃　私は山の大湖の上に筏を作つて灯を乗せ
青い湖の水の上に
あなたの聲をききたいと思ふ
それは水の國であるだらう
木の葉の山が彼方に黒く見え　星は小さく奥にひかるであらう　水の國に水を見て　私はなほ水と風との間にあなたの髪の匂ひを知るであらう
我等二人の送りこし生涯の莊嚴が今こそなつかしくこの水にひたるであらう　私はいかだに腰を下して立てたろうそくの灯《ひ》が暗にゆれるのを見　天のかく廣く　水のかく淸らかなる事をあなたに語るにちがゐない
その時　水はひたひたといかだを打つ
吸引され　吸引する凡ての喜びの中の最大なるもの　この男　この女に就いて古くいにしへの火に浮びいでたる「山物語」を續くるであらう　あなたは　ただあなたこそ　この私の話を心にとめて今や星空と暗の湖の筏の上

灯の下に身をよせて親しく私から聞くであらう
風は私を吹き　又あなたを吹く——それはなつかしい事である。

——朝は早く野苺をかごに入れ　朝は涼しく善い手紙を待ち　春の山には一本の林檎の木を植ゑ　夏は水の國　秋はその實りし林檎を一つ二つとあなたの爲めにもぐであらう
そして冬は火を前に　時間と空間の不思議を思索し　合せてあなたへの記憶　人間への詩篇を綴るであらう——

かく私はこのいかだの上に思念する　そしてあくまでもおちついて類ひなきあなたの姿に眺め入る——ここに私は力を知る
ここに私は陽のうららかに輝いた日の心たりみちた滿足を得る　それはあの遠いレヲ星座の下この水の國　この筏の上に私とあるあなたに於て初めて得る變りなき完全の歡喜である

春あればあなたを思ふであらう
秋あればあなたに觸るであらう　而して私は大氣の中に喜びと悲しみの種を埋むべく　やがてあなたを乗せてこのいかだを天上の湖に移すであらう　そこに私達は更に風に吹かれて進むであらう

灯は灰となり　いかだは消え　水の國は消ゆるとも　その消ゆる日の午後　私達は日陰なつか

しき秋の山の午後に下ろされるであらう
天上の湖にありし日の思出をたぐりて　私達は
秋のこの柔《やはら》かいそよと吹く木の葉の風を聴くで
あらう　そして神のみの織り出すくれないの葉
の中に　私はただ　あなたをこそ　強く　強く
抱きしめたいと思ふ

そこに私はあなたの聲をきく　ただ私にのみゆ
るされたるあなた自身の快き　いとも切なるし
づけき聲をきく

それはいと高き國へのもの
いと深き　ふかき衷《うち》なるもの　山の木の葉に臨
む微風に似て歌よりも更に淨化される磁力の聲
であらう

かくて風の中にねて風に觸り　この美しい日本
の着物を愛し　風に向ひて　秋に向ひ　水を養
ひ　水を呑み　又あの山に隠るる雲に向ひて
かく私達は命の林檎を堪え難く搖り動くこの地
上に動かしゆする

かくて神は裸を喜ぶであらう　山の頂には小さ
なねぐらを作るであらう　そして今こそ私はた
だあなたに於て大氣の流力を知り　花の囀《さへづり》を
わきまへ　草々の茂りを見る

——不思議なる生物の歴史　昔さまざまの思出
夢みし山の彼方　人間の感情　野川のへり　數
しれぬ夕ぐれ　それを私の胸に頭《うなじ》をよせてあた
たかく泣き求むるあなたの聲に聴くであらう

太古　遺傳　數學　天文　皆すばらしい世界で
ある　だが之をあなたの世界に較ぶる時　なつ
かしい鹽のかをりのみ私を　古い古い　あの水
平線の青に導く　それはあなたの胸に呼吸して
不斷のどんげいを繰りかへすもの　耳に　目に
永劫を教ゆるあの海の響のあの大地の子守歌に
似たる　ただ
このなつかしいあなたの聲の中にある
　二十九歳六月三十日午前——
　　鳩　鶯　黑鶫《つぐみ》をきく

黄菊

黄菊よ
秋もおそく
我が湖邊の小さき園に
黄菊はひらく

一本の黄菊よ
われは陽だまりの窓邊の
南に
うららかの午後をこめて
咲きかをる
いとも小さき
おんみを見る

秋は山にみちたり

日向ぼくりして
古き秋を思へば
心は還らず
草は流れて
くれないの陽の窓邊の
黄菊に
人は目もあたたかく
あたたかき
かの　青空を仰ぐなり

松虫

松虫が庵の中の蚊帳の上で
ないてゐる
きいてゐると夏の夜の
涼しい美しさを感ずる
その青い羽は
まるで洗ふやうに擦合つて響いてゐる
私はこれから水を呑んでねよう
ごきげんよう
可愛らしい松虫よ
寝る前に
お前のその神様の歌を有難ふ

雪の夕方　ビヨルソン

——私の大好きの
諾威のビヨルソンはこんなことを書いてゐる

——雪の夕ぐれに子供が居なくなつて
母親がその名を
呼ぶと
空氣との震動で
木の枝の雪がぽたりとおちる
それが他《ほか》に響いて
他の枝からも
又　ぽたりとおちる

ねむれるものに

愛するものよ
君こそはわがこころのとまやなれ
われは君にむかひ
君はたんぽぽにむかひて歩みぬ
心順《したが》ひ　ひたがひて
われら　いまや
山の頂に
やはらかき草と坐りぬ
草と坐りて
心よろこび
ともに夕ぐれの山を下りき

夕ぐれをすぎて
夜《よる》となれば　我が心は
灯《ともしび》をふきて
涼しくも　涼しくも
きみをこふるなり

きみが名に
我が心は
をののきうれしむ
あいするものよ
夕ぐれの山の頂に
われをめで給はば
この夜をこむるしづけさの中に
更に　われをときほぐし
われをかこみて
目をふせ給へよ
われ抱きて
眞木の板屋に
初めて　きみに

あいする
ふるきむかしの
「今夜と云へるもの」を得ん

相見れば面隠さるるものからに
續ぎて見まくのほしき君かも　萬葉集

一《ひと》日《ひ》

ふけぬる夜の
いつかあけぼのに明けて
初日うらうらと樹雪にさしそめたり
松に雪、湖は青
山に散りしく雪の清きかな
午前十時、雪滴ののきをめぐりて

障子の影のいとのどかなり
秋の雪なり　秋の雪しづくなり
ぶだう一房手に採りて
つぶを含みつつ
ものしづかなる室内に雪滴を聴く
亦たのしいなり
頰白《ほゝじろ》の羽　葦草の巣に歌となりて
午後よりはいとしげきしづくの
更にしづかなるかな
夕　立ちて眺むれば
山の雪、大方は消えて
湖に夕陽流れ
赤き陽の彼方の山に長引きて
やがて星見えそむる
たそがれのあめつちをおほひて
足ゆるやかに今日も又
爐邊の夜《よる》に入りぬ

おん父上に

ろばは好ましい動物である
そのろばに花を持つて
溫容溫顏ようようとして
目をほそめて乘つておられる父の姿は
なつかしい限りである

やさしい　おろかなる
小さなろばよ
山を下るときは氣をつけるのだよ
お前の背には　どうじのおとうさま

しづしづとゆるやかに
その正直の目を地上に向けて——

ひさかたののどけき春の陽をあびて
夢も妙なる小花を持ち
あたたかき目の驢馬をいたはる
光の中に
ぽかりぽかりと歩み行く
ひづめの響は手に持てる花をそよがせ
いのちの限り
春のみ山の山又山の
春を傳はる

蜂

蝶と蜂に山中の秋がみちあふれる
秋たけて
おとづるるものは蜂の歌也
美はしき蜂のめすを追ふて
雄は木の葉の間を縫ふて歌へり

ハルガキマシタ

マアウレシイ　シビレノウミニモ
ハルガキマシタ
コノハノドウジモ
メニオヒイナサマヲ
カザリマシタヨ

素　直　さ

素直さ
神々よりもいいやうに思ふ
これよりいいものはないやうに思ふ

おおなむちすくなびこな

日本の古《いにしへ》はなつかしい
大汝貴少名彦名
おおなむちすくなびこな
ほんたうにいいお名前だと思ふ

きたるとも　きたるとも

今日も又暮れ行きにける
その暮れ行く今日と云ふ日の
中に水がしづかに流れて行く
暮れしその日を
てのひらにのせてながめる時
人は亦
暮れ行く明日《あす》と云ふ日の中に
ただ　ひたすらに
しみじみとする

小　鳥　の　歌

春の夕方
小鳥がこの窓の外でないてゐる

きいてゐると夕方をわすれる
ぼくの小屋の頬白も歸つて來たかな
そら　羽音がする
ながい春の日である
頬白よ
腹がすいたであらうに
そら　又羽音がする

細　流

南の窓に
風をととのへて
早や五月よ
喜びの娘　その唇に
美はしく恥らへり
いざ　山をかけ　山に入りて
たのしみてぬすまん
心動いて
われらその中にあらん
夕日のひかり
うすれて
スピカの星の
きらめく頃まで——

幼　兒

いい幼兒を見ては
全くかなはない

うそ泣きに泣くより外仕方がない
私も又幼い日
日向雨の中で
うそ泣きにないた
ああ　ああ
いい幼児を見ては
まつたくかなはない

四月七日

四月七日　今朝はまんぶしの小花を見たり
山に春動いてまんぶしの花ひらひらと
咲きにける
づさの花　咲きいたる日
細らかに開くは
まんぶしの花と云ふべし

二三日たつた後――
こん夜は良い氣持なれど
何にもなつかしくなし
春の雨をきく
この雨なつかし
外に書くことなし
軒場のあめ　土の音
爐邊の火に
わたくしは思ひなく
ただ降る春雨の中を下りに下る
戸をあけて　春のあめが

風の中で土におちる音がきこえる
いほりにあれば
湖も見えず
萬山の木木にぬれて
しようしようの音の良いかな
雨になじみて
ともしびの影もやさし

足袋

それは白兎の耳のやうの足袋であらうか
それは小草の春であらうか
白い小さな足袋である

私はそのひとに
綺麗の銘仙の對の
日本の着物を着せ
いつか　私が　私の手で
その人に
白い足袋をはかせて上げることを
夢想した

それから　立つてみてと云ふ
それから　あつちへ歩いて行つてと
云ふ
それから
こつちへ歩いてきてと云ふ
目をふせて

うれしくも
それは
白い小さな足袋である

ああ　神よ
私も又しづかに神を言ふ
後《うしろ》をむいても
前をみても
ほんたうになつかしいものは
すなほにやはらかい
この二つの自然である
いつも　いつも　おもふ
この白い小さな足袋である

幼児とあれば

わが愛するものは幼くして
わが愛するものには乳房あらず
乳房なきは美はしきかな
終夜《よもすがら》灯をかかげて
その印《しるし》をのぞかんかなと思ふ
手にとりて
水の如く
なつかしくその頬に傾けんかとおもふ

雪滴

昨夜は大雪が降つた
そしてこの底ぬけに晴れた朝
私は山の小屋で
軒からおちてゐる雪滴をきいてゐる
からつとして切るやうであつて
それでゐてどこか長閑である
そののどけさの中を
雪滴が調子をとつて
小鳥のやうに小屋の中の
私に話しかけてくる
この音は耳に近くきこえながら
遠くきこえて
のどかにかくれながら
更に美しく表はれてくる

こうして晝から夕ぐれまで
私はこの音をきく
だが夜《よ》中となると
又あしたの分にまはつて
音は靜まるだらう
そうだ
「チヨツ　チヨツ　と音がしてゐたつけえがな
あー」とこんなことを夜半の床に思ふのである
綺麗なたんぽぽの少女が
少し睡氣をもよほして
重い瞼を閉ぢやうとして

又　覺めて
ねぼけたやうに優しく笑つたりなぞして
そして又瞼をとぢて了ふやうの音樂が
この小屋の軒の雪滴にはある
そう云ふ夜――
私は森の庵で暖かい晩なぞは
おそくまでこの音を聞きながら
傍にある冷たい好きの水をのむのである

喜んで迎へる森の音の中でも
この雪滴は又と類ひがない
夜を歌ひながら
私と小屋と燈火《ともしび》にうたひかける

この雪滴《しづく》のひびき
この音が止んでしまふ時には
切なる自然の軒の雪と
人の心との
いと惜しい名殘であるが
さてまだうれしい事には
私は森の小屋に
冬の夜をこめて
いつもながらの一人《ひとり》に
靜かにこの音をきいてゐる

まつたく　あたたかい冬の晩は

なつかしい顔付をした自然の
人間へと贈る愛情であらう
燈火《ともしび》と雪滴《しづく》と森と湖の水にうつる星と
私は小屋の中で
まだこの音をきいてゐる

レテイちやん

レテイが未だうれし盛りの三つの歳をこえず若々しい、あどけない言葉で話せる様になつた時——

或日、彩色をした地球儀を此子に與へた。色と輪劃《りんかく》とで海と陸とをことごとく見分けて知ることの出來るやうに、初めは世界中を手で輕くたたいて居つた——

老帝國は皆可愛らしい指の間から顔を出して、レテイのやはらかな手はどの國へ行つても歡ばれた。

全世異に渡る此の幸のうちに、飛び立つたり笑つたり、頻りに何か嘵舌《しゃべ》つたりするそのさまは、まあどうであらう。

で私達が、その何にも知らずあどけない目を英國の島の方へ向けたとき、レテイは嬉しさうに叫んだ。

――おや――それ、わかつてよ――わたしの家
はここ、
と云ひ乍ら接吻したので、島がすつかり顔で蔽
はれて居るとき、つやつやした美しい髪の毛は
ヨーロッパの上へ、ふさりとおち掛つた。
（英國の詩人）

林檎の樹の歌

何んとも云ふことの出來ないものが
林檎の木に花を咲かせた
（嬉しくて候）
高い歌を林檎に歌へ

思出によせて

この湖の向ふ
あのすんだ高い空に
三月　午後八時
オリオンは子午線を通經する

幼きときに

幼きときにわれは泣きにき

風をきき
林檎を見てわれは泣きにき

生ひ立ちて
山に野に遊びぬ
麥の穂の中に
すみ渡る五月の風をたのしみ
兎追ひし山に
小草の花を見いだしぬ
たこ上ぐる日の
五月はわれなりき
雛の餅つくる三月は
少女《をとめ》なりき

雛の檀の飾られし日には
朝もとく起きいでて
わがてのひらの如き
愛ましをとめの家にいそぎぬ

春風は座敷を吹きて
美はしき小さき人は
われよりも小さく
なほも小さき雛の前にと
桃の餅ひをささげ行きぬ
春を吹く風は
かろくそのたもとをひるがへしぬ

あはれその日
そよ風のよくはなせしぞ――
小さく春なく鶯の雛《ひいな》の餅を
ほほばりて
陽ざしぬくときえんがはに
われらともに聲上げて
よくは遊びぬ
かのたのしかりし日
われら共に聲あげて
よくは遊びぬ

おん母上に

山住みのわれ
一夜ゆくりなくも
燈火《ともしび》の下に幼き草をながくながくたわましぬ
草のかをりの
わがこころに香り來て
かすかにも解け去りし紐のいま
母結びの聲にやはらかく結ばれぬ

「サアそれでいいのですよ」と
母は幼き日に
我が祭に行かんとて
身體をゆすりて急ぐをとめて
かのなつかしき母の結びを

わがよそ行きの
かすりの羽織の紐になし給へり

そのむすぶ目の
幾年かの流れにとけて
結ぶ日のこん事もなく
たゆたふ日もわすれしに
今ぞゆくりなくも
わがこころの幼き園に歸れば
誰れゆふともなく
この紐の母のむすびに
なつかしう
むすぼれるを覺えぬ

夕陽の草原を

その昔私は夕陽の射してゐる緑の草原を
好きな少女と驅けつこした事があつた。

一

黑き眼を輝かせ
頰を赤らませ
手を握りて小さき頸《うなじ》を傾け
勢ひづきて驅けなんとみがまへぬ

二

我は見て笑ひぬ
彼女又笑ひぬ

さて怒りぬ
われはその怒れる姿《さま》のうれしくて
いくたびかかくはなせしぞ
されど遂にこの度こそは
いつはらずとて
いざと我も又目をみはりて
二人の疾く驅けなんと身構へぬ

三

さあと言ひて
一、二の聲と共に
彼女は高らかに笑ひ出でぬ
われを見て嬉しくも微笑《ゑまひ》しつ
その顔には夕陽照りはえて
愛する天使《エルフ》を見る心地しつ

四

彼女よりいくばくか離れて
草をむしり
われはうれしさに怒りぬ　さて
草の中に可愛ゆき夕日の窓を眺めぬ
かの日かの時のあふるゝよろこびの快くも歸り
來れば今もなほ
その目の甘えしさまの見えて
親しき想ひに胸のゆるゝをおぼゆるなり

五

うん！うん！

この聲は彼女のあたゝかき聲にして無上のも
のなりしを我は思ひ出でぬ
「今度はちゃんとね」
かくて足をあはせ
夕陽の原を
草を越え小川を渡り晩方の風の中に
髪をなびかせ
息づきて
生生《いきいき》とわれら二人
ともしびの家路に驅けぬ

六

幸ひの日なりしよ
彼女の母はその少女《むすめ》を待ちて
少年にやさしき思ひの言葉を掛けぬ
少女は
母の腰にいたはりすがりて
更に又親しくも我をながめぬ

七

その眼にはしたしみの溢れて
うたはねど笑ひの見えて
靜かにもなつかしくその目を
ふせし姿の
今に尚　我に
「何故にかくまでも」と言ふかの美はしき疑問を
なげかけるなり

八

「それではね又明日《あした》」
あいさつと共に母に頭を下げ

夕風の中を
幼かりし日の我は
彼女をあとにして門を出でぬ

九

夕暮るゝ頃既に星ありき
ふりかへり見れば
風と薄靄につつまれて
彼女立ちにき
其の姿の小さく
そのせき來る淋しさに
われは泣聲にうるほひて歩みぬ
しかもたえかねて走りいでぬ

アンニイちやん

生來、私はどんなに良い幼兒を想像したか　時を經てうれしくもこの一文が私の前に來た。私はしびれ湖にゐた頃もどんなにこの文章を愛讀したか　そして、今もなほこれを讀んでは讀んでは胸のふるえるのをおぼえる。

それは岩波文庫の小泉丹氏譯、チャールズ・ダーウキンの一六一頁にダーウキンはこう書いてゐる。

「私達の可憐な兒、アンニイは、一八四一年三月二日ガワア街 Gower Street で生れ、一八五一年四月廿三日の眞晝にマルバアン Malvern で息を引きとつた。

「後年、若し私達にして生きながらへて居つたなら、今茲に書き誌す印象は、彼女の性格の主なものを、より鮮明に回想せしめるであらうと思つて、この數枚を書く。如何なる點から回顧しても卽座に想ひ浮んで來る彼女の性情の主たる特色はその潑溂たる快活さであつて、其に二つの他の特性が交へられて居た。卽ち敏感なことと、强烈な愛情とであつて、前者は、見知らぬ人には、恐らく甚だ看過され易かつたであらう。彼女の快活さと、生氣とは、その顏貌全面から迸り出で、一々の擧動を、彈力性あり且つ生命と活力の充實して居るものにした。彼女を眺めると、愉しく、又晴れやかな心になつた。今その可愛いゝ顏が、私の眼にちらついて居る。彼女がよくしたやうに、私の爲に、斷りなしに取つた一撮みの鼻煙草を持つて、梯子段を驅け下りて來て、喜びを與へる喜びを全身につゝみ切れぬ姿の、その顏が、目に見えるやうである。彼女が、從兄弟達と遊んで、その快活さが騷々しいまでになつて居る時でも、私の一瞥、不機嫌な目では無く（有難いことには、私は彼女をそんな眼で見たことはなかつた）たゞ同情に缺けた目で、一目見ると、しばしの間彼女の顏ぢうを變へたものであつた。

「彼女の快活と、精神とを、あんなにまで嬉々たるものにした、その性格のも一つの點は、その强い愛情であつて、其は深い抱擁的、撫愛的のものであつた。この性質は、ほんの嬰兒であつた頃旣に、母と同じく寢床に居ても、母に觸つて居らねば氣が安まらず、その後、相當成長した後も加減の惡い時には、いつでも母の腕を弄んで居つたことでも、認められる。非常に加減の惡い時には側に寢て居る母は、他の子供達に對する場合と全く異つた方法で、彼女を慰めて居たやうであつた。彼女は、また、何んな時だらうがお構ひなく私の髮を、「綺麗にする」といつて、半時間も揃へて見たり、又は、――可愛いゝいとしご――私のカラアやカフスを延ばしたり――つまり、私を愛翫するのであつた。

「こんな風に調和された快活性をもつ上に、態度は、著るしく信實で、淡白で、開豁で、率直で自然的で、遠慮隔意の陰影が無かつた。彼女の心全部が純淸で、澄み切つて居た。誰でも、彼女の全部を知ることが出來て、信ずることが出來るやうな氣がした。私はいつも考へた。何んなことがあらうとも、私達の老齡に於て、何物も換へることの出來ない、少くとも一つの可愛いゝ魂をもつことが出來ると。彼女の一切の動作は、元氣があつて、發動的で、そして常に優雅であつた。私と一しよに「砂場」を歩き廻る時には、私は早く歩いたが、それでも屢々私よりも先に立ち、極めて高雅な趾頭旋回をなし、その可愛らしい顏は常にこの上も無く愛嬌のある微笑で輝いて居た。時折私に甘へる姿を見せたが、その記憶に私は惚々させられる。よく、大仰な言ひ方をしたが、私が、彼女のいつた事を誇張して調戯ふと、首を急に引いて、「まあ、ひどい御父さま」といふさまが今に尚はつきりと眼に浮ぶ。最後の短かい病氣の際の擧止動作は、本當に天使のそれであつた。一度も苦しみを訴へたことが無く、癇を高ぶらすことも無く、いつも他人のことを思ひやり、自分の爲にしてくれることには、何にまれ極めて優しい感傷的な態度で感謝するのであつた。辛うじて物をいふに堪へるほどに弱り果てた時ですら、與へられた物は何でも褒め、茶にも「大變においしい」といつた。私が水をやつた時「本當に有難う」といつたが、此が彼女の可愛いゝ脣から、私に與へられた尊い言葉の最後のものであつたと思ふ。

「私達は、家の喜びを失ひ、老齡の慰めを失なつた。私達が何んなに彼女を愛したかは、彼女は知つて居たに相違無い。あゝ、今も尙、私達が、如何に切に、如何に心から、彼女の可愛いい快活な顔を愛するか、又、將來とも末永く愛すべきことを知らせてやりたい。彼女の上に惠みあれ

一八五一年四月三十日」

後で何も云はない方がいいのだけれども、どうも、これは、あまりにいいのでどうか一言云ふことを許していただきたい。

どんな世の中の可愛いことも、このアンニイちやんの「まあ、ひどいお父さま」と言ふ時の可愛いさにはかなはない――こんな幼兒があり、こんな文章を讀み得ることを思ふと、何んだか生きてゐることがうれしくなる。それ程この一文の良さは良い、世界にみつる幾萬の詩も、又幾千の文章もどうやら、これ程の可愛いい幼兒を產んではゐ

ない。

私は諸威の微風と云はるるビヨルンソンのジーノーブ、ゾルバンケンを限りなく好む　けれどももつと、もつとこの一短文からくるものは、もつと澄んだ、深いところから湧く無限の至上である――このダーウヰンの喜びと、悲しみとは――それは全く「如何に切に如何に心から――」人の心の中に泌み渡ることか「――一つかみの齅煙草を持つて、梯子段を駈け下りて來て、喜びを與へる喜びを全身につつみ切れぬ姿の――」私はまだこんな微妙の可愛い表現を見た事がない、あまりのことにつひ目があつくなる。

そして「屢々私よりも先に立ち、極めて高雅な趾頭旋回をなし――」と言はれる。おおまるで目にみえる。

「種の起源」もさることながら、こんな幼兒を持ち得――そして、こんな愛情あふるる文章を書き得るダーウヰンは、げにうれしく、科學よりも、詩よりも、なつかしいきはみである。

あゝ、アンニイちやん　小枝と　小草と　小鳥鳴く森の　紅雀のやうのお墓の傍に　いまもなほ「まあ、ひどいおとうさま」と、その笑ふ目と、愛らしい姿が吹く風に言つておるであらう。

無上なる幼兒よ

私も又、生き行く限り、かぎりなく可愛いいこの言葉を記憶し、涙し、涙して、いつまでも、アンニイちやんを思ふであらう。

さるにても、さるにても、まだ名殘りはつきない、どうか、もう一度、言つて下さいませ「マアヒドイ、オトウサマ」風は消ゆるとも、あゝ幼兒は風よりも風よりも――

　そして詩篇は高くも匂《にほ》ふが如く云ふ「わがこころうるはしきことにてあふる」と。

小犬

小犬は可愛いゝものなるかな
怒れば　首をすくめ
笑へば　尾をふりて喜ぶ小犬は
げに　可愛いゝものなるかな

その目はすみてなつかしく
その身はむくむくとこえふとり
はしれば　風よりもはやげに
雪の日には陽を浴びて　腹まで泥をあげ
泥をとびて　泥をあび
あめつちの一日《ひとひ》を
美しくたのしみあそぶ
小犬こそ可愛いゝものなるかな

泣けば　われの悲しく
喜べば　われも喜ぶ
くんくんと鼻泣きすれば

その小犬の聲は、　はらはたにしみ
あの甘まえる目付を見れば
ほほづりなぜて　かき抱かん

小犬こそ　げに
可愛いゝものなるかな

大國主命

後脚で立つて泣いてゐる毛をむしられた
いなばの白兎は
ほんたうに　何とも言はれませぬのなり
いたづらをするからだよとしかつてはみても
何だかしみじみと抱いてやり度く思ふなり

その時
風が吹いてゐるけたの岬の濱邊には
まことあはれ神なる大黒さまが通りかかられたな
り

その肩にかけられた大きな袋の中には
長《とこしへ》に「人間の善さ」が藏つてあるやうの氣がいたし
ますなり
「そんなことをするからだよ」と輕くおしかりになり
「では川の水が海に入つてゐる川口へ行つて
その川水でからだを洗ひ
そこに生えてゐるがまの穂を下にして」と
教へられる大國主命は
ほんたうに豐かの
善い神様のやうの氣持がいたしますのなり

大きな袋をかついで兎の長い話をお聞きになり
につこり目をほそめて御笑ひになる大黒さま
お前はまあ　ほんたうに白兎よ
まるで私は泣き出したい様の
氣持になつてしまふのですなり

山には松の匂ひがした

私がお陽様の生々と春の山を
下つて來た時
あの人に私は逢つた
「私はあの時あなたを見て太陽のやうに
まぶしかつた」と後であの人は云つた
私はその日丁度
よろこびに歌ひながら
朝風の下をくぐつて
いつもの山の大湖から
母と一緒にかへつて來たのだつた
あの日は太古のやうだつた
山には松の匂ひがした

それからこのなつかしい春がすぎ
秋と冬が去つた
そうして又春が來て又秋が來た
けれども私はあの人を忘れることは
出來なかつた

もう一度春が明るく山の大湖に
來た時
湖の漁夫であると云ふあの時の
あの人にあつた
それからは幾度も會つた
夕陽の影の頃まで話した
何故あの人の聲はあんなに
きこえたのだらう
話は黄金《きん》のやうだつた
けれども一寸も話したとは思はなかつた
朝は早く起きて會つた
夕方は元氣よく歸つてきた
私はきつとこどものやうに
あどけない目をしてゐたにちがひない
こんなことをあの人は云つた
「まことの春は女からのみくるものですね」

山の頂は春であつた
二人は小草の上に坐つた
湖がつまめるやうに見えた

デッケンスとホイッチアー

夜《よる》　大好きの
クリスマスカロルを讀む
「精靈は彼の腕に手をかけて
讀書に夢中になつてゐる少年の頃の彼の
後姿を指さして見せた」

全くなつかしくさせられてしまふ
それは人にとつてなんともいへぬたのしい
小徑であつた
雨はふれどもかへらぬ日のしめりである

この思ひは又私をして
野のホイッチアーの
あの田園詩を思はしてくれる
「野ぶだうは野川のほとりに
褐色のくるみは丘の上に
私達を待つてゐた」
小川のほとりに天の日をうけて
可愛いいねこやなぎの芽が見える
生はむしろ人に於て
少年の日に終つてゐる

たらうのうた

こんなうたをつくってよいものかしら――
こんなうたをひとにみせてよいかしら――
けれどもやつぱし見せたい――

もしもたらうに
たらうのこのめるつまをあたへたまはらば
そのつまのきれいな
ついのきものをきて
もしも
たらうをだいじにしたまはらば
わがまづしさをゆるしたまはらば
わがははとちちにつかへたまはらば

いかにうれしからん
そのつまをあいすること
さながらに
あきのひよりびに
くりのこずゑをながるる
くものごとくもうれしからん

われにちからなし
かなしくもおもひしたふのみ
されどなほおもふ
もしもたらうに
たらうのこのめるつまをめぐみたまはらば
そのつまにかはゆきあこをうんでもらひ
あばあばなぞとかたことのいへるころより
よちよちとあゆみて
なにがなにやらとほき
くもをゆびさすころより
でんしやにのればすぐまどのところに
かけよりて
そとをみたがるころとしなれば
どうぶつえんのざうにかはゆきめを
みはるころとしならば
われそのほほにほほして
このめるつまとへいわのよるを
そのえんそくのかたらひにたのしまんことなぞ
いかにうれしからん
そのこのちちとなり
わがちちはははのまごをつくり

わがこのめるつまをえて
われのそのむかし
やまのあひだにすまゐし
かぜとほしとをながめてなほ
やまのひいなのまつりに
「かはゆきをさなごとあそびたし」と
かきしことなぞかたらんには

さりながらかぎりなくさびし
むなしくやまのなかにすみて
ことをなしえず
まちにかへりてやうやくにいきゆくをうる
しかもかのくもをながめて
はるかにもわづかに――いきをなし
つうしんのずゐこつのいつかまた
ほだかのやますそに――あのやまのゆきのしづくを
きかんこと
わがねがひぞと
かほをたなごころにうづむるなり

さりながら
ああたらうに
もしもたらうの
このめるつまをあたへたまはらば
わづかにも――さびしく
わづかにわらべのままなるどうじの
はじめてしるいのちのなかば――
そのこのめるつまのきたる

きれいのついのきものを
いかにながめよろこぶならん
いかにしてもそのひとをだいじにせん
いかにしてもそのひとにだいじにされん
おぼつかなくもよにいきてさんじうねん
はづかしくもしやうぢきに
ことにいへば
いかにわがゆめにかよひたる
このたのしき
よろこびののぞみぞ

しゆんせんにしかはあそび
たうげんにはなはゆるる
よろしいかな

ひとのなかばをえんおもひ
いかにつよきぞ
はづかしけれど
めをふせていたしかたなし

もしもたらうに
たらうのこのめるつまをあたへたまはらば
ここにはたいかいのごとくたのしみ
かしこにはやまのゆきのごとく
よろこばん
むなしくやまのあひだをはしるみづに
ことばをたくして
かくはうたふもこはただ
まぼろしのうたなるのみ

まことにさびしきこのこころのなせしわざのみ
よきひとびとよ
われをわらひたまひそ（ひとはよにいきてかくおもふもの）
かへりみてかなしくもわれ
まことにこのゆめの
くるしきをよくしるなり

されどなほ
ああもしもたらうに
たらうのこのめるつまをめぐみたまはらば
いかにうれしからん
ほくほくとこのたらうの
さながらにこのはのたらうとなり
かはゆくやまのこのはあつめて
うれしげに
ちいさきすをつくり
そのよろこびのひとをむかへて
なつはどはいにみづをのみ
ふゆはほだのひにかたらひて
まづしくまづしく
このささやかなるいのちをはらんこと
いかにのぞみぞ

もしもたらうに
たらうのこのめるつまを
あたへたまはらば

このうたをつくりをはりてたらうなんだかへん
でわらひたくなりましたなり
それでもかはゆくうたへてうれしい
およめさんもらつたところでしれたものだとは
おもふけれども
このうたをうたへばやはりうれしくたのしくわ
らひたくなる

さんじつさいじふいちがつ
にじふひちにち

佛縁從順

人は良くこの生を嚙み得るや
良く風に吹かせて
麥がらをより得るや
又春を森に得
秋を街に捕へ得るや
澎湃たる萬軍の神よ
われはこれを知らず
ただ一度限りなる大地の
このよごれたる道に
春の小鳥をきき
冬の梢を愛し
とうとうこつこつとして
いたましきこの必須を追ふのみ
何にものにもかへ得ざる
淋しきこの腹部を抱いて
みちはかなしく
いよいよ生れ出でたる
必須のさ中に
造られたるもののさびしくも空しく

胸の暖室を泣き求むるなり

ああ　その時
日はあまねく
土は木と草にかこまれて不平なく
大空と地上とは
萬象こもごも親密なれども
主に近き人のみは人を離れがたく
寄りそひて
圓き坐を作り
その姿の中中に限りなく
それぞれに雨にぬれ
雨にぬれそぼちて
淋しき姿なり
さらば
われも又通過する
ぬれそぼちて
西にねぐらを求め
われも又通過する

――慰《なぐさ》めもしばしなり
思出の湖に別れをなして
爐邊に終夜《よもすがら》なる
ほだの火の影と消えん――

あの尋常二年生に

涼しい目と黒い髪の毛をしてゐた
可愛いい聲で私をよんでくれると
心から春の氣持になつた
たのしい春が來て
鶯も歌を作つた
そうして小さな手も無心の歌を作つた
私の前には
その二つの歌はあるけれども
あの小さな二年生はゐない

笑ひながら飛んで來て手を引つぱつた
室內では後からきて目をかくした
前に飛んで行つては
ふりかへつて私を呼ばはつた
可愛いいやさしい春の日
わたしはもう一度あのかはいい
身體をゆすりたい
あのうれしい聲をききたい
なにもかも忘れて
美しい時間の幼兒のたはむれに
いま　尋常二年生は
私の悅びの目の前にかへつてくる
あの日本の奇麗の對の着物がわすれられない
山の火事で燒いてしまつた百のうち
九十
わたくしを好きだといふ
カタカナのあの手紙がわすれられない

——春の祭の
春毎にかへり來て
わがあはれ小さき春のうたよ
春の籃に山祭の美しさを
盛りて
幼兒に蝶をおくりつ
「われのそのかみの日
いかにおんみを愛《め》でしか」と
書きそへつつ

空しくも喜びを飾りて

われはおんみが好なり
そばにゐたいなり
その目を見てゐたいなり
その人の言ふことなら何んでもきくなり
食べたいと云へば
栗の樹のてつぺんからでも
その實を採つてきてやるなり
水をおよぎたいと云へば
およがせてはやるけれども
遠くへ行くと怒《おこ》るなり
夜《よる》は
ねびえなぞしないとは思ふけれども
ちやんと腹掛をなさいと云ふなり

ああ
わがあいするひとよ

おんみはいづくにゐるや――
その人のつく手毬を見たいなり
ぼくはもうきつと
だまつてしまふと思ふなり
やはらかさよ
やはらかさよ
この世でひとつほしいのは
この栗の實を喜んでくれる人なり
けれどもこれは夢のやうの話にて
どうもすこし淋しいことなり
紙の上に書いた言葉にすぎないなり
けれども　これは
ぼくの心からの良い人への歌なり
これだけはまちがいないなり

平和

たのしきは夜《よる》のつどいよ
火はもえて
おとなしい犬は
靜かに　稚子《うないご》を見上げ
その足元にうづくまれば
父は母に物語して
尊い喜びの深さを増し
母は稚子を抱きて
堪えざる幸《さち》に
頰し息ばむ
靜やかのよるに

ものみなの心に足りて
戸外《そと》には
なつかしき暗の
ふかく和みて
守りゐます

少年時代

あれがわたくしの少年時代であつたらうか
あの好感にみちた少女の
まなざしにうつむいた
あれが
わたくしの少年時代であつたらうか

校舎の午後

ああ　放果後のたのしさよ

夢で

彼女が風邪を引きそうだつたので
私は急いで
夢で愛人となつた
そうして　しづかに
木の葉のゆれてゐる硝子窓を
通つて
ふとんの裾をたたいて

かぜをふせぎ
そうして　そのまま
室内を抜けて
滿月の階子を昇つて行つた

子供の時分

わたくしは子供の時分
たそがれに雪のおちてくるのを
不思議の氣持で眺めた事がある
山の中で今も見てゐる
もつとたくさん年《とし》をとつた日にも
このたそがれの不思議の
音のない數とやはらかい
雪を見るであらう
まるでこのいのちとは
何んと云ふものであらう

詩編の中より
「われ夜　わが歌をおもひいづ
われ　わがこころにて
深くおもひ
わがたましいは
ねんごろにたづねもとむ」

しびれの湖を歌ふ

六年《むとせ》住みてここに初めてしびれの湖を賛す
水ほとばしりいでて
山にかこまれ
その相好まことに平安聖大なり
よく神の地に投げ與へられたる絹滴の泉なり

——この水に問ふ
とひ得るや否や
われ遠く思議し難く
ただ水を見る
青山歡喜
ただしびれの湖を見るなり
（これわが賛か
賛にあらず
湖よ
おんみははるかに偉大なり
風を得て森をひつさげ　いつか
ひたすらにただ天中に誕生し行けよ）

而も今はつつましく
日月に安靜して
湖や
太古の風光にかげうららかに
光あそぶところ
甲斐之國は桃の花の一本によろこぶ垂火の湖なり
火に焼けこぼたれたる板の小屋を
うつせしわが赤火《あかひか》の水なり
萬物の觀世音菩薩は　あはれなる人の子の

塵を支えて　ここに住む人は
木葉之童子とよばれたり

あゝ童子
雪の降る夕には
枝を拂ふ風に吹かれて
よく山を歩きたりな
遠足にくる小學生には
よく可愛いがられたりな
目を赤くして
六かしい事のない
平和の湖を朝に夕によく眺めたりな
ああ　づさの小花うつるわがみづうみは
なつかしいかな

——その雲も小さく　その雨も小さく　その人も
小さく小さくありしなり

私は思ふ
心苦しみつゝわが聞き盡したる
かの閑古鳥の聲よ
六年住みてここにしびれの湖を賛すと云ふも
わたくしの心は
このほととぎすの聲にかくれはててしまふ
たらひの中で洗つたあの足袋になりはててしまふ
あゝ　この世の中や
この世とはそもいかなるものぞや

されど湖よ

峠から見たしびれ湖

——甲斐之國は西八代郡の山保村字はしびれと云ふ

山は
長にこの湖とあらん
我が心も又
呼吸《いき》あるうちはこの水とあらん
又年老いし日にこそは　われの
腰うちのばして　この赤火《あかひか》の山を登り　峠をこえて
湖邊に見ゆるわが住みし日の跡にたたん
夕日と木の葉ののぞみ消え行く年月の中にひとり
又灰の如くもただづまん
風きえてかへりみぞするこのいのちのあとも
悲し　人とは遂に思出の中にいとせめて
この水をすくふのみ
ああ　されど湖のみは
いつもながらの風光にかげうららかに
桃の枝は育ち
栗鼠はないて
小鳥はあのたのしいさわがしい唱をうたひ
山は立ち
水はほとばしりいでて
とこしへに
しびれの湖とたたへられてあれよ

穂の流合詩篇

野ぶだうの秋の房を結ぶ
あたたかい穂拾ひ！
音のやうな人間への想像！
見渡す限りの雪の明るい
あの春に残る初めての
小さい高い讃歌
それは林檎だらうか
それは林檎だらうか

ソローはウヲルデンの森にこう書いてゐる
「私は性交は記すにはあまりに
美しく記憶するには
あまりに立派であることを夢想した」

嗚呼 好感よ

善良な少女に芽ばえる初めての
あのやはらかい男性への好感
その好感を
身に浴びて
ぼくのつく下手の手毬を
その少女はみてゐて下さる
さあ　こん度は少女の番だ
ぼくが見てゐるので　いつも上手の
手毬が下手につけたら
ああ　好感よ　好感よ
うれしいな

このひとわたしをすきなのだ
このひとわたしをすきなのだ

ソローは言ふ
「純潔　この事實が恐ろしいが美しい神秘でない
ところの人には　自然の中に花は存しない」

澄みしものを求めし時

山の小徑は澄みしものなり

野天の結婚式

（これは人が想像するよりもづつと強く
づつと美しく　そして恐らくづつと力である　だ
れにこれが出來るであらうか）
野天の結婚式――
まるで人間の青空のやうの感じだ
これこそは
嬉しいと云つても
もつともつと風が吹いてゐる

四月十日

明るきこと限りない日
わたくしの二十八才の誕生日
づさの花大千の日に花咲きかをる
この日初めて

湖邊にたんぽぽの小花を見たり
わが産まれし日に
目出度くも唇上に祝ひて
この日　人　花とともに　綠の葉つぱと
幼く　をさなくありぬ

花

花なくして何の春ぞや
人よ
人は股に衣《きぬ》を飾りて初めて美はし
そは花の明《すが》なるが故なり
股は裸なれども
衣は靜かにおほひて

花は更に明《すが》なるが故なり
童子　子宮は鏡よりも明《あきらか》なるものなりと思惟す
森に咲くばらの花よりも細目に
惜《あたら》〱可愛ゆきは
赤き龜頭なりと思惟す
かくてあたりは我が心を捕ふるなり

秋の日　腿は男を待ち
春の日　股は女を待つ
かくて靈長の人このなつかしさを宿して
こゝに初めて花を祝祭《まつ》るに
何の不思議もないなり
はさみたる足と足

沫雪にまたがる胸のみ
同衾の產まるゝ日を賀せずや

童子も又春の大庭に
七つの枝を待つ
山に登りて
七つの東の國に
子らの紐とく古に入る
あたゝかき雪は深くあれよ
神々をともなふて
幾夜かゐね
女は良く巣を作り
男はよく力に到るべし
九夜《ここのや》の藁屋にいたるこの小徑こそは
人ある限りのなつかしい宿りなり
何處ぞと問へば
此處ぞと答ふる
橘の花の咲けるなりける
そこに水のねむりを覺《さま》し　火を起し
七つの枝に七つの卵を祝ふべし
風吹きあたゝめるこの
なつかしきやどりを祝ふべし

雙子《ゲミニ》の星

あまつひかりの紐にむすばれ
青空をゆすりて
船子を導く雙子の星は

高くならびて
二つ懸り
こよなき星の對話を編みまつる

海の兄は
海の弟をまねきて
冬の夜空に
ポロックス　カストルの星は
その二つの引綱を
閃々《きら〳〵》としづかに
海の波間に下ろしひたす
高き星　ゲミニ
海人に仰がれてそのしるべとなる舟子の星

ゲミニ
海幸の星
高きゲミニよ

好きの幼兒に

幼兒を抱くと目がぬれて
さしうつむいてしまふのです

可愛いいもの

可愛いいものは永遠の美しさである
海を渡る小鳥の背には
太陽の光も
餘りに愛撫して

その小さく眠るであらう
日本中の小學校の
二年　三年　四年位までのをさなごの中には　ど
んなに可愛いい子供がゐることであらう
私はまるで
生まれなければ良かつたと思ふ程
そう云ふ幼兒に會ひたい
會ひたい

切なる切なるもの

ふとんの裾をたたくと言ふ
ふとんの裾をたたいて呉れると言ふ
その時には
それこそ鹽のやうに
夜はさら〳〵と
人の心の中に満ちあふれる

音

音は起すものであるが
夜半の雪滴は
「ねむれよ」と落ちて呉れる

水

行き行くも尚この谷矢川の水は行くなり

春雨

しと〳〵と心の濡れるかな
春の夜に降る雨をきく
わたくしにこの雨が抱けるだらうか
爐邊にあり
おとなしい火のやはらかいかな
われ雨を聞いていろりべに火の流れを見
靜かに心に春雨を數へぬ
春雨幾度ぞ
いま降るときけば
つつまれて
いろりの煙の
ゆるやかに
ゆるやかにたゆたふなり

空氣への數日を數へて

われ等二人なれば
綠と黄金《きん》の夏は幸ありき
草々をただよひ過ぎて
風は遠く渡りぬ
眞夏のよき國に來りて
いざ
牧の喜びを歌はむ

うましをとめよ

わがあいする初身《はつみ》は
膝に草束をのせて小牛に與ふる
夏の牧場に雲を見送れば
遠き思出のあこがれを誘ひて
初身の頸頂《うなじ》はわが胸にもたれ
頬をわがあがとに寄せるなり
唇は合ひて目はとぢられぬ
見守るは高き山脈《やまなみ》の上にある
白き雲なり
幼兒のねむる眞晝の夏に牧場にありて風を浴び
われ等　愛の大矢川の谷を下りぬ
綠の天使《アルモ》に守られて
牧の夏風を歌はむ
いざ
喜びに黄金《きん》に綠なす
風吹く夏の牧を歌はむ

アスタルテの神

腹《はらはた》の上に掌《てのひら》を導きて
山々の水を汲みなせば
風露さわやかに秋はしらるべし
淫行の靈にことほぎをよせよ
まことわれらは風淨き
木陰の下にて淫行を見ん
そは焰の如く美はしければなり

穀物の播かるゝところ
われら知らずして古く還り
その終夜《よもすがら》　鴿《はと》の如く相抱かん
乗せて曉は流れ去り
夜は炳《ひ》をかざして
天上にうれしさよ
來り來りて相摘み行く

こゝに不思議の言葉は睡りよりさめて
優美なる木履を起す
雨とふる天然を浴びて立つ祝ひよ
古き大和島根の馬せごし
その初々に
新膚《にひはだ》ふるゝ夜のさわさわと
たれかまどらかにその燃ゆるものを
愛《いと》ほしさの限りとせずや

さらばいざ
林檎の樹をゆすり
その實をかみて
新鮮の秋を得るべし
天と地の音ひめやかに
みちくる潮あふれて
木に火を祝ひ
いざこゝに
あたゝかき雪の盡きざるよるを
豊饒と婚姻の女神
アスタルテの神を祝ひまつる

愛情《おもひ》は生じて

赤らんだ穂草――
人はそれを想ふであらう
それはそう言ふものであつて
どうすることも出來ない
そう云ふものなのである

發　音

風の吹いてゐる山にかへる
この十四字や
小《ちい》さかべのすがる
この九字は
ほんたうになつかしい氣のする
私の好きな　發音である

山にて獲たるもの

おんみは人間であらう
神よりも近いものを見たい
夢の世に生きて童子まだ人と泣いた事がない
ひとつの記憶もない
けれども
美しく永劫は入れてしまふ
たんぽぽはそこにあの小さい花をひらく
世の中よ　散りぬる色は常ならぬ

娘も息子もゐない
わたくしは人だらうか
何にもゐない
わたくしはものだらうか
火はしづかにもえてゐる
あたたかいのは山のみである
——けれども　けれども　どうしても
泣きじやくりのとまらぬ時に——
そこに——あゝそこに
なつかしいのは人のみである

善い心はこのことばをうける

夜《よる》　人はねどこにねて　しばし世の騒がしきいと
なみを忘れる
その時　底より湧きいでる思ひは
月明の夜の波にも似
かのひた〳〵と胸によせ　しみじみと
この身をよき人に抱かれん事なり
善い心はこの言葉をうける
この事如何に可憐なるかな
人ならば
良ろしさよ
この人の可愛ゆき素直さを愛で給へよ

こまにしきひもときさけてねるがへにあどせろと
かもあやにかなしき
（萬葉　十四巻）

「時に麗窓の雪を聴く」

○――草と草とは樹の葉を見上げ
湖の魚は確に生きてゐた
小鳥は山の岩から舞つて來て　湖でのどをうる
ほした
そしてこの山の木の葉のがさ〳〵してゐる中に
私も又がさ〳〵と音をたてて住んだ

○――ねえ神さま　坊やにもきかせてくださる
あの奇麗の奇麗の歌は二人でしかつくれないの
でしよう

○――日記を讀んだらこんな事が書いてあつた
山の中の小屋で――
童子　ねむたい　もう　ねる
知つてゐる人も知らない人も皆んなおやすみな
さいませ

○――しびれ湖の太郎　死なんとするの日　蟻の
子と火の燃えるのを見守るの圖

○――領主　最後の日　萬物にあやまり
人間に許しを乞ふの事
(わが眼に涙あふれぬ)

○――秋の夜　こほろぎの赤ちやんが

童子と一諸におとなしくのきの雨をきいてゐま
す

○――「逝くもの晝夜をおかず」
障子にはさんだくもとこほろぎ
死んでしまつたのだ
坐ぶとんの上にくもの死んだのを見る
どうもいかぬ
小楢の實を墓にする
とどのつまり人間はどうなるのか
自然の中で自然の方を向いてゐたい
人間の中で人間の方を向いてゐたい
とどのつまり人間はどうなるのか
(小楢の實は十月の小春日の中にあたたかい陽を
あびてゐる)

○――「童子さん　山は寒いから早くねないと風
邪を引くよ」と　こう可愛いい兎が言ふ
童子　もううれしくて　うれしくて
はいはいと云つてねんねしました

○――シビレハユウグレナリ
いほりに蟻歩いてわたくしの目の細い哉
わたくしは朝に候はず
ひとへにただ夕暮の蟻を好むに候

○――馬鹿のねずみ　もろこしはまだいいけれど
も　童子がやつと拾つて來た栗の實を知らん顔

して食べてしまふ
こら　ねずみ！
けんかしようか
童子の方が強いぞ

○——「ネエ　オカアサマ」トヨブコノヲサナゴノ
コトバハ
キイテモ　キイテモアキヌ
マルデイイ　コレコソハオソラクイツサイノウ
エニアル

○——日記　五月二十一日——
夜　兎の足音　これからいつものとほり
水を呑んでねる　静かのしみじみとしたほとと
ぎすの聲がきこえる
夏山の木末《こぬれ》の繁《しじ》にほととぎすなき響《とよ》むなる聲の
遙けさ——萬　葉　集

○——可愛いゝねずみがね
天井なしの屋根裏から、山の童子のねてゐる頭
へ小便ひるの
ねずみちゃん　ひどいわね
　二十八歳十一月五日夜

○——秋　山の奥に晩めしのきのこを採りにきて
陽のもれる赤い落葉の上で童子せせらぎを聴く
の事

○——爐の火が淋しそうに消えて行く

わたくしの心もさることながら　山の岩も又手
を合せてくれそうにわびしい

○——太郎　風邪を引き咳と仲よく庵にこもるの
圖

○——山の太郎　日本のお話の中では
稲羽の素菟《しろうさぎ》のお話が一番好きです

○——童子爐邊に坐して近々と火の波にゆられ又
遠く火の大海原を望むの事
火は心にさらに心をつくる

○——戸外は寒い　童子いろり邊で赤い火の不思
議の歌をきいてゐる
火を見　火を見　水を呑み
嗚呼　いい人になりたいなあ——とひとり言を
云ふ
この言葉を發音すると何んとも云はれません
神さま　どうしたならばなつかしい人となれる
でしよう
こんなうたが出來ました

なつかしく慕ひ寄る
吾が心は　うづみ火に　心に

風の吹いてゐる晩　木葉童子

○——自分のぬいた下駄を見てゐたらつい目があ

つくなつた
あめはざんざん降つてゐる　草庵の灯の小さい
草のやうにぬれるに候
○──「童子の言ふ事をきいて　蜂よ
そんなに屋根裏で　ぶん〳〵いはないで
もう　ねなさい」
○──ポポポポとなく春の鳩は良いかな
好きの人がゐるので意識してはしやぐ少女は可
愛らしい哉
○──たそがれの中にたそがれを思ひ
たそがれの中に良寛和尚を思ふて
童子　なつかしさ限りない春のしびれの
夕ぐれの湖邊にありぬ

夕暮に春雨は降りぬ

夕暮に春雨は降りぬ
晩さんの山小屋にも
しびれの湖にも
ねんごろに
春雨はふりそそぎけり

なつかしむ蛙《かはづ》に

二十七歳四月四日
童子この夕かの蛙の祝婚の歌をききぬ

童子も又頬のありたや
蛙の聲ほほの如くやはらかく
祝婚の歌なつかしさの如く美はし
ああ　しびれの水　風に動くかぎり
かの蛙　この蛙よ
たのしき清涼土歩み來て
聖き水ぎはに
祝宴の歌　長にさわがしかれよ

良寛さんは冬ごもり

良寛さんは冬ごもり
お習字しては冬ごもり
歌をかいてはふゆごもり

風が吹くときや　いほりをしめて
雪が降るときや　いろりのそばで
良寛さんは　ぽきぽきと
まきををつては　いろり火に
きれいの歌をうたはせる

おーい　良寛さん　と
よびたいやうに　火の色が
赤くなびいて
せがんでも
良寛さんは知らぬ顔
知らぬも道理
こく　こくり
こつくり　こつくり　こつくりと

いろりのぬくとい火のそばで
良寛さんは
おひとりで
居ねむり歌を
ことことと
ねずみのおいたのそのうたと
一諸に合せて
いろりには
ぬくとい
ぬくとい　火がもえる

しびれ湖篇

長すぎるこの世に生きて

確に何處かにはずつと高いものがゐる
霧の中に射して來る夕陽の様なものがゐる
然しそれは私には解らない
解らないが居る様な氣はする
案外の人が默つて持つてゐるかも知れない
寺田寅彦氏、芥川氏、直哉氏、漱石氏、節氏、子
規氏、百穂氏、かう言ふ人は藝術的なものをもつ
て私にせまる
そして高村光太郎と言ふ人は
小さい様に冷たく匂ふ

けれどもこう言ふ人を離れて
私はしばし　しびれの山にこもつてゐる
其處には何があつたか
色は匂へど散りぬるを――
蛙は土に住みて無常の大法を具してゐる
さらば私は智恩院の山下和尚の顔面《おもて》をなつかしみ
つゝ
春の山寺に登り
五慾は光なりと書いてゐる
煩惱の良ろしさを記してゐる

そしてその歸り道に
夕　陽の中にたちどまり
草影を凝視して
蟻と語つて見る
山の岩間には風をうけて
水はわらびの山に流れてゐた
然し　それは私の何んであつたか
老子は面白く
道元は高く　弘法は拝すべく
其處に東洋の小石一つを見たのである
まことに東洋は切らないのである
爐には榾の火があり
徳利には水が滿ちてゐる
其火が消えて灰となり

其水が呑まれて空《から》となるとき
東洋の春は何處までも果てしをしらぬ
すみれ　たんぽぽ　大空のもとに
生者必滅とは力ではあるまいか
そこには確に萬葉や古事記と同じく
絶えてゐない要求のない力を見るのである
——悠々として溫良に流れ行く大河は良い哉
風の道は豐かに
木は與へ
花は滿ちて野に畑に
影はものを證し
物は光と暗とを別ち
そして更に觸は播き

舌は林檎を乗せ　燭を採れば
千岩の雪自ら夜深く
いゝいゝいゝ
しんしん裏底
春は屋根にのぼりて小鳥を遊ばせてゐる
女は樂しく
寒山拾得は樂しく
マッチの持てる火は偉大に　象は見れどもあかず
月光は波にくだけて明るく
星は數知れず
風は樹に在つて
ウパニイの詩こそ心にかなひ
中川一政氏の「聖フランシスの家族」の詩に
心ほのぼのと行き足りて
人間の男根を春の大庭に祝ふもの
子宮を秋の足柄に祝ふもの
道を敷く事をせず
オリオンには風をあて
小川には蟹を與へて
味氣なくも私の花嫁は
あの火星から來るなりと記すのである

――清痩す　山には松あり
潺湲の水は春を遶つて高く
水穂千秋の國には良寛ありと言ふ
戸をゆする春よ
飢ゑては舌を出すべし――
「飢まことなれば貪《むさぼり》はいと美し
足のろき春の背に打のりて

我はうえしとこそうたふべし――
春は豊《ゆた》かなるものなれば」
夕暮は偉大なるものなり
そこに土は確に尊とく
そこに水は動き
そこに大地は花に喜びをゆづる
石は砂にいたはられ
枝は小鳥に
湖《うみ》には甲斐の國の大いなる夜を守りて
私の小屋の灯がうつゝてゐる
このおごそかに淋しき人生に
頭をたたかれる童子よ
うつり行く世にひた〱とひたりて
身は小さく心豊かにそを味はふべし――

さらばそこに
青い空　白い雲
昔ながらの日にありて
二つの性器は樂しく
神の娘とて巾をぬいて
人間にそのよろこびのをののきをおしつける
ねむる事は人間に一番近くなる二人の道であらう
その山あれば川ありて
なんの不思議もない空の廣さと等しい
されば川に沿ひ
野にそひて
誕生の歌は人を創つて
こゝにおしよせ
不變に又さゞなみかへしてゐる

人とは妙しき哉
オオデュボンの鳥　ゴツホの光　セガンテイの筆
ファブルの虫は親はしく
子規は句をひつて糞し　易經は大にして
カントは寒々と書く
ソローの森　音はグリーク　モツアルト
エマアソンの目　ギユイヨの文
長塚の節は良い子にして
若くしては間島道彦　善い目の隆三氏　槇氏の
「山行」好むものは
ビヨルンソンのジイノーブ、ヅルバツケン
キーランドの牧師館　ラマンテイヌのグラジエラ
デイツケンスのクリスマスカロルなり
椎名剛美と言へる人の

「二階の河上博士」を讀んで泣き　上野氏の「犬」に
涙し　又遙にジヤツク　ロンドンの「犬」に泣いて
寅彦氏の「團栗」
芥川氏の「芋粥」
ロゼツチの「在天の聖女」
ホイツチヤアの「幼友達」をなつかしむ
されどひとつ尙高く高く
じよう〳〵として
遙に風吹きさわぐうれしさは
大和島根の國に
大國主命のいなばの白兎
あの胸いたむしづかの情《なさけ》である

——「蛙は一年を無言に蟄居せり

しなびたる皮袋の如く
土澤に伏せる蛙を打ちて
水は大空よりおち初めたり」
今記し來つて
このウパニイシヤットの詩編をよめば
——しびれの小屋の窓の上
晴れた秋空に雲はゆつたりと動いて見える
わたくしは　朝　日を拝み
夕べ　夕陽に手を擧げて
夜は水の國にねむつた
その時思つた事は
永劫の時と處とも同じく
春と冬に過ぎない
哲學と宗教の最後の水も
山川の色に過ぎないと云ふ事であつた
かく觀じて　この淺いわたくしに何が殘る
この廣い一世を見て何がある！
滿足と菩提心は何處にある！
「何處より」とも問はず
こゝへと急ぎ
「何處へ」と問ふ事もなくここを去るとや
淋しい哉
私のしびれの經には
太虚　慘として何物も殘らず
文を燒き　詩をけづり捨てゝ
唯　雨にぬれ
雨にぬれながら秋山にないたしびれの草のみみず
の澄んだ歌を聴いたあの「日」をひとつ

この「夜」をひとつ殘すのみである

小さなるものを

爐火のもゆるあたり
われはそを歌と歌ひつ
草の藁屋の立つあたり
われはそを世界とおもひぬ

ささやかに微ぐものの秋をすぎて
わびぬる日をおくるところ
たのしみの
小さなるをわれはめでにき

杉の葉をのせて山々は見守り
山彦は湖をめぐりて
西陽は草にまばゆく
なげけとて悲しみをうたふによしなし
ほだの火に目をよせて
ぬくぬくと呑む水に
われはいのちをあたためて眠りぬ

さて　子守歌
いくつか歌ひて
陽は夕日　あか〳〵として
いつにても　この窓邊を去らんとすなり
いつにても
海は　たいらか

水の色なる國に
そのともづなをとかんとすなり

み墓

とをつおやの眠りてゐます
み墓邊に
いまも昔の春きましまつらん
きよき春の
歌ひたまはらん
すみれのしらべに
風の言葉に
み佛たちのおん尊き耳に
いざ
こよなふも
春をささやきまつらん

限りなく明るき光あめつちに
みつる今日しも花をささげん

とこしへの春をうづめしみ墓邊に
春日〱のすぎて行きけむ

春なれや
春よ
起きませと
このうららかの春の日に
先祖《とほつおや》　御人々の眠りゐます

このみ墓邊に
木の葉のうたを
やは風の音を
さもあれ　何にもまして
花の言葉を
とこしへの花を
ささぐる
ささぐる春の
み佛の歌を
ねがはくば
ぬかづく我れにきかしめ給へ

かへらざる日にはあれどもかへりくる
春にはきなけ春の小鳥よ

おん聲のきこえずゐますみ墓邊に
ふるきむかしの春ぞきこゆる

限りなき日にはわれしもなつかしき
とこしなへなるみそばにふせん

あどけなき頃に死にしいもうとの
み墓に小鳥ちちとなきませ

好める言葉

花は春の雨のごとく
すべての上にひらめきおち
野の緑なる惠みは

すべての地に生ふる者に耀けば
心大きく身は小さきエルフは
人を救はんと急ぎ行くなり
尊き人をも惡しき人をも
幸なき者をも哀れと思ふなり

ゲーテ

時ははや消えうせけり
苦しみも幸ひもあとなし

ゲーテ

沈み行けどいつも變らぬ太陽である

或賢者の言葉

我れは撰む　心やさしきものを——

ベランジュ

可憐なる夕靄は雪となるかな

讀人不知

「余は在りしもの　在るもの　而して在るであらうところのものなり
而して余が面紗は如何なる人間も未だ掲げたることあらず」

イシスの神の銘

頌——末後の句。君が爲めに說く。
明暗雙々底の時節。同條生也共に相知る
不同條死還つて殊絕。還つて殊絕。

黄頭碧眼須く甄別すべし。南北東西歸去來《かへりなんいざ》。
夜深けて同じく看る千巖の雪。

碧巖録　第五十一則　雪峰是什麼

「余《われ》は人にあらず　己に人なりし人なり」

ダンテ

知らぬ間に過ぎ去りいつしか變る

ゲーテ

○――「この山の松林の中にあつて斯く私が孤獨の喜びに浸つてゐた時でも　私は何か妙に　物足らぬことのあるのに氣がついた　夫れは星光《ほしあかり》の下で　わたくしの傍に臥し　無言で動かず然も絶えず手のふれるところにゐる一人の伴侶《つれ》が欲しかつたのである　世には孤獨よりも更に靜かな二人の生活といふものがある　そして誤りなく判斷すれば之こそ眞に完成された孤獨なのである

愛する女と共に戸外にくらすと云ふ事は　まさしくすべての生活中で　最も完全にして自由なものである」――スチブンソン――

○――子等を思ふ歌一首幷に序

釋迦如來、金口に正しく説き給はく、等しく衆生を思ふこと、羅睺羅《らごら》の如しと。又説き給はく愛は子に過ぎたるは無しと。
至極の大聖すら尚子を愛《いつく》しむ心あり。況して世間の蒼生《あをひとぐさ》、誰か子を愛《を》しまざらめや。

瓜食めば子等《こども》思ほゆ　栗食めば　况してしぬばゆ　何處より　來りしものぞ　眼交《まなかひ》に　もとな懸りて安寢し爲さぬ。

反　歌

銀《しろがね》も金《こがね》も玉も何せむにまされる寶子に如かめやも

山上臣憶良　萬葉集　第五

石ばしるたるみの上のさわらびのもえいづる春になりにけるかも

ちちははが頭《かしら》かきなで幸《さ》くあれといひし言葉ぞ忘れかねつも

人のぬるうまいは寢ずて愛しきやし君が目すらを欲りてなげくも

足柄のおてもこのもにさすわなのかなる間しづみ兒ろあれひもとく

以上　萬葉集

さねさし　相模の小野にもゆる火の火中に立ちてとひし君はも

古　事　記

塵まみれなる道遠くきて
旅人よ　しばしはここに氣をゆるせ
手足のべて穗長き草を藉け
松が枝越しに風はすぎなむ——下略

希　臘　古　詩

いざ　旅び行かんかな
われ等は唯二人
宇宙は我等のものなのだ
綠したたる蘇挌蘭《エゴス》の國
黄金《きん》色に映ゆる伊太利の國
乳甘きたらちねの國
希臘《グレエズ》さして

ミユツセエ

——想の廬——

若しや汝《なれ》　若立の綠をわけて
森ふかき泉のほとり　ほそぼそと
灯のともる草の廬にいたりなば
旅人よ　汝が足の音をひそめよ

竹友氏

一一〇

燈火が條をなしてチカチカ輝いてゐる　天井には星がやたらに出て來た　星を見ると猿に似た先祖を思つてなつかしくなる　祖先もやはりこの丸天井の下で焚火をして熊をあぶつて　おたべになつたらう　今　僕等は山頂に火を焚いて　チンバンヂーのやうだつた森の祖先をまつる　火の燃えるのは美しく不思議である。

板倉氏

「細く遠く作られたる古の道は　今我れこれに觸る　我れ自らこれを見出せり」

ウパニイシヤツト

夕占問

ヘルメスは旅人の道をまもりて

やすらかにふるさとへ伴ひたまふ
うすれゆく夕ぐれの日ざしの中に
その人の影見ゆと言ふは誰が子ぞ

希臘古詩

ほうれん草

あたりの松の木は高く見えた
私は父上におくられた
大きなのこぎりで
小楢や松を切り
それを又二尺ばかりに切り
ゆつくり腰を下して
それを
去年の火事にやけ殘つた手斧で割つた
天には雲があつて
春には鶯がないた

松の青ばは小山のやうに
私のかたへにつまれ
そして小楢の枝の先には
この頃芽ぶいたばかりの
赤いふくらみが見えてゐた
私は心の底から
犬が好きであつたけれども
犬はかはなかつた

日が暮れると薪を背負つて

森をとほり
淋しい藁屋の戸をあける
中はまつくらである
ねずみがいたづらをしてゐたり
村から誰か持つて來てくれた手紙が
ほんのり白く見える事もある
風があれば
天井の葦草が音をたててゐたなり

くつのままゆかに上つて
置き憶えの場所から
マッチを探し――かさかさと指に
マッチがさはり――コトコトと歩いて
ランプに火をつける

その火はものを明るくしてくれるからうれしいな
り

私はそこで爐の前にあぐらをかいて
やがて松の芯で
火をたきつける
その火のもえ初めるときの
たのしさこそは喜びなるかな

童子　腹がすいたり
晩のごはんを食べたいなり
自在鍵を一尺ばかり下げて
鍋をかけ
そして水を入れて湯を沸かす

その間に焰は鍋のしりから
丸く別れて
赤くやはらかそうに鍋蔓の上まで
這ひ上る

その色を見てゐると風と一緒に
これだけは
それでも私のものであつたと思ふなり

そのうちに湯がにえこぼれる
チチチ　ザー　と小さいはいかぐらがいくつも立つ
そこでふたをとつて
青々したほうれん草を入れる
赤い火に照らされて
ほうれん草はほんたうに
綺麗に見えましたるなり

やがてその盛り上りが平たくなる
よい時分だと思つて、それを
竹ばしですくひ上げて
ねずみのくつた破れたざるに入れる
その後《あと》には湯が白い泡をたてて
巻きかへり　にえ上り
氣持良い湯氣は
爐の火のちらつく屋根裏にまで
引きなびいて
この小屋を遠い日の幼兒の春にしてくれる

私は鍋を下して湯沸をかける
そしてほうれん草を
ゆでた湯を坐つたまま裏戸を
あけて土にこぼす
くぬぎの樹の葉のあひだには
大熊のドュベエがさんぜんと光つてゐる
私は風が吹きこんで音をたてて
火を後前になびかすので
戸をしめて火をながめる
そして長い鐵の火ばしで
榾《ほだ》をよいあんばいにしてもえ上らせる

その火は喜ぶやうに
たのしくもえてくれるなり

犬があればと思ふのだけれども
この火があるから
いいと思ふなり

可愛いゝものは火なるかな
まるで吾が子のやうに思はれてならぬ
さてと　ざるの中から
ほうれん草をとり出して
しぼり——をとつひたいておいた
釜ごとのごはんで
やつとささやかの晩さんをとる
山も湖も影も　山の小屋の
ひとりの晩ごはんである
里から二里

村から半道
山は三千尺の湖の北岸である
四月にはわらびの葉
六月には蕗の莖
秋にはきのこを食べましたなり

こうしてこのいろりばたに
日が六年たつて行つた
湖の水をのんで
風を引きよせながら
寒々と私はやつと
秋のなつかしさを拾ひ集める
文明より　思さくより

ほうれん草をゆでてたべながら
無いやうのいのちを
このしびれの山中に坐つてゐた
——
ああ　私は父におくられたのこぎりで
松をきり小楢の枝を切つた
雲は天にあつて
むかしのままに流れ
冬は雪に
降りうづもれた小屋にこもり
陽だまりは
心をぬくめて森の住者を
慰めてくれた
この世の中よ

私には何にも分らない
せめて　ああ　森で拾つた
くるみと栗の實を眺めながら
云ふこともなく　ただ
このゆでて食べたほうれん草の
山の晩ごはんを思ふばかりである

斷章

○――雪山水石の間
隠士栖みて暢々たり
寒爐月明の夜
水繩をなふて湖心に到る

○――岩に水流れず　石の如く坐す
石塊ただただ石の如し
寒山氷湖
草廬にあぐらして
また第一天を望む
而も春草の時をしらず
雪はみちてかこむ

○――「浮雲に言を寄すれば　雲は動かず
よろしさと言ふもそのよろしさは遠き昔なり」
子　風

○――「記せよ　汝等は死すべきものぞ」
或英傑の墓碑銘

○――自然や　世の中や　愛情や
おお　天よ！
わたくしには全く　何も分らぬのでございます

○――朝、爐邊で蟻の歩くのを見てゐる
いい影だなあ
蟻の影は――

○――夜中のしびれの湖に泳ぐ童子は
傳說の如し

○――ドウジ　ユフグレノアリヲダイテシマヒマ
シタ

○「水を斫りて時となし
水に印しして物と呼ぶも
水は流れて
流れは遂に知らるることなし」

子　風

○――木の葉の山に木の葉を積みて
木の葉の童子は住むに候
木の葉の湖に木の葉を流して
木の葉の童子は遊ぶに候
ねむれねむれ　木の葉さやげる
木の葉の山に　夕暮をねむり
夜をねむり
いつかこぼるる木の實を食べて
御童子は良い哉

ねむれ　睡好の御子《おんこ》
木の葉數へて、山又川
草又花に
眠るに候

○——童子　糞をぅづめてから　糞蠅も一緒に埋
めやしないかと思つて糞をひつくりかへすの圖

○——ハルノヒグレガタ　カハイイウサギサンガ
ドウジノオウチノオニハヲトホリマシタ

○——童子さん
きれいな娘さんが見たい
もう七日の間

人に逢ひませぬ

○——いつ見ても
同じものは
山や河だわやれ

○——春となれば
山の雪も
とけるわやれ

○——良寛さまは
そのなつかしさを
殆んど自然と同じくする

○——綺麗なものを飾るなり
おゝ　蛙　蛙
かはづ　歌ひて性交す

○——雨の音にねむり居にける木の葉の童子は
ふと目ざめて深き夜の雨の木の葉を思ひ候
山はぬれしきり雨は降りそそぎけり
夜《よる》　その奥に夜《よる》
木の葉の童子はいとしみじみと深く木の葉に
ふる雨となり侯

秋雨　草庵の裡
雨は遠のきつつ近づき來る
夜雨、暗山の影

暗山　夜雨の音
睡好の童子　臥して聽けば
雨聲ことごとく
我が草廬にそそぐ

○——苺を育てたものは苺を落して去る——と云ふ

○——火は親心の如くなつかし——

○——しびれ湖の童子　諸手を上げて夕陽にお別
れするの事

○——毛蟲が　夜の赤い火の爐のふちを　歩いて
ゐる

○――愚庵和尚――

鶯の聲ばかりして山寺の春は靜けきものにぞあ
りける
山寺に春し來ぬれば鶯の佛さびたる聲もするか
な

この鶯
この山寺
この春　そしてこの人
云ふところを知らぬこの響は　山寺の春に　春
の山寺に　いとしづかにこもりて　人はひとり
人とはいへ
更に更に人であらう

○――しびれの人々――

小林鶴吉氏の大きな親切　小林兼吉氏の無邪氣
赤池武平氏の瓢逸　赤池初義氏の正直　そして
親友となつて朝夕を語つた廉男氏　章氏　孝男
氏　茂雄氏　その他　村の良い人々（その家々
の爐は今もなほ目に見える）
思へば六年の長い間　これらの人々にどんなに
大事にされ　親切にされたか――純朴と情愛と
可憐と――
私の決して忘れ得ぬ恩義の人々である
私は深くしづかにいつもこれらの人々の幸を祈
らねばならぬ
そして又　いつかしびれの山を訪《おとの》ふ日にはこれ

らの良い人々とその思出を語り　又　相たづさ
へてあの美しいしびれの湖に　その水を　心し
みじみと呑まねばならぬ
涙よりも遙なる山中の六年——
それは全くこれらの人々の心からなる親切に春
の如くとりまかれてゐた

○——童子　村のわらべ三人と春の山　春の谷
春の小川を歩みて　山椒　わらび　蕗　せり
わさび　うどなぞを採り集め　武藏の國は荏原
中延に住める子風に送りし時　その返事の書面
の一部——

滔々として水流る　白雲　白雲　目に青葉　語
ることなし　むづむづとして足の裏に喜びあり
わらびをとりて童子《わらべ》が四人《よたり》わらびをとりて送り
ましたるわらび　すごやかに水に浮びて風子が
幻の風の中に入りて候
山にゐましたるうどの子　海の潮の鹽子と仲よ
く風子が幻の風の中に消えて候
雀　海中に入りて貝となり　しびれ　風子に入
りて風子いや更に仙となり候——

下　略

悦びの幼兒等

男一人
あまのとまやをうちいでて
海に向ひ

海よりも高く鹽風に向ひて立てり
心ひよう〳〵と音たて
風に向ひて矢を放てり
光をあび諸手の中にひかりをおさめぬ
風吹く永劫の海は
彼の前にありて
重く重く久しかりき

——或日又かくてありしに
たまたま夕陽の沈む頃
忽えんとして海原の彼方に
波は動悸き
鞳々と龍巻かへり
そのおさまるや

青き波間の黄金の波に
水色の巨人は
太古の姿にあらはれぬ
彼をまねきてさそひぬ
そのまねきたるや　執拗に
その魅力たるや　心をからみ
そこに沈まざる
聖トリトンの足音に合せて
遂にわれは
この翁と青き海原に歩みを進めぬ

地のこぼれをすてて
鹽の香をしたひ
高く離れ行く云ひ難き

悦びの幼児等の
その波間に群れ遊《つど》う
かの遠き國を目ざして
われらの足音は
風吹く水の青く盡くるなき國に
長きとこしへの歩みをつづけぬ

冬の食物

氷に冬の食物盡きたりと
冬の使ひは氷を青緑《みどり》の水にかはらせ給ふ
よく火にふしねむる雪を知るや
土の中に蕗の薹の横ぎるをしるや
氷と雪と

雨と小枝のふくらみをもちて
よろこぶ小鳥の中に
やがて花しづかに
萬軍の春はくるかな

無題

あたたかさを求めて

雲を見送る目は永い
人　如何にして生きるや
夕陽と還ればいきるなり
山は涼しく　川は緑に
今ここに　こだます
西に聴け

鹽風は海を吹きくる
こだます
南に得よ
草の實のこぼるる
こだます　知れ
春のひよ鳥は巣をうたひいとなむ
まことに
慈愛《なさけ》こそはあたたかきかな
かくて南に南木茂つて
南はあたたかくあたたかき花を作る
そは切なる自然の中にありて
長によく善ろしさと云ふべし

秋の山には石にともす灯あり

夕ぐれの湖には歩む春の蛇《をろち》あり
意味はよく遊び　よく高し
わが言葉たる夕日に似
羽　言《ことば》し　木も又云ひて云ふ
一切に於てわがことばや
風の如く
切りて進み　木と面し　火を掘り
草と話《わ》し　始まりて終るのみ
この世に殘すにあらず
灰と消え去れば可なり
火の前後
水の上下　かくて知る

自然の主の歌は草屋の火を率いてめぐる

今や
雨は上《は》れたり
ゆらゆらと林檎をゆする驟雨は
上れたり
いざ　しげき風露の山に登らん
山はさやぎ
川は清く
草は虹に吹かれて
風は記憶よりも快く
肉身實《げ》に
青空に合さるなり
ここに山は走りいでゝ神の子を拾ひ
川は舞ひいでて
苺の赤にそそぐ

ああ　そはものの生きて育つ形なり
生きて育つ形を追ひて
わが五十年の道程はあり
——育ちて苦しみ
形となりて又還り去る
かへりなん　そこに　いざ
山や清涼　川は清爽として
かの夕陽あり
ああ　夕陽はあたたかい色なるかな
そこに露あり
風ありて木の葉あり
水を呑んで山に生くるてふ
まことにそこに水はよく
僅かにも人の凱歌の糧となりて

再びも
われは山はきよく
川は綠にとうたひいでつゝ
なじみ深きこの生《いのち》をくるしむなり

おゝ　風さわやかなる秋よ
水の國なる風よ
遠い〱アンドロメダー星よ
涼しくして　せめて
あゝ　あたたくありてのみ
人　この世に生くると
われにをしへよ
あたたかくありてのみ
人　この世に生くると
われをみちびけ

桃源の大きさ

大それた言葉なれど心の底の思ひなればわれ
許しを乞ふて記しおくなり

ロダン　ゲーテ　ミケランジエロ　ホイツトマン
ミケランジエロとゲーテを天として
ロダンとホイツトマンを地として
その間にカント　ブレイク　ヴエートウベン
デユラア　ニユウトンなどの
偉大が介在する
七十年の文明は

人眞似をしながらこれ等の人物に
心醉する日本上層部を作つた

一にも二にも三にも
これらの毛唐である
確に力と聰明と廣大と崇高がある
やけに賞める價値もある
天然の一部の如く
彼等をあがめる心にもうなづける
文字が往來するのだから
人生の理法と云ふ奴を
西方から持つてきても惡くもない
壯大な星座を構成する毛唐の
人間創作に驚いて
身　自ら勵むのもよい
而しかたはらいたいのは
あのきよろ〳〵した人相の中に坐つてゐる目付だ
ミケランジエロ　ゲーテとなると限りなき
人類の寶石である
而し東方の一凡兒として
なほ　わたくしは
あのぴか〳〵ひかる目の中に
木や草とその位を同じくする
まことの眞のしんの
まことの眞の人間の相位を見ないのである
クリスマスの雪は
堅い階段を靴で登つてゐる
良く人間の救濟に身をささげた仰ぐべき

キリストの品位に額づくとも
なほ私にとつて
うれしいのは
更に大股に　更にようようとして
あせばむことをしない東洋の
「無」のぎいいと船をかしげる秋の日和の「驚く」な
んて云ふしみつたれた事實のない
あの長閑《のどけさ》である

私は古の支那人の骨相の中にある
あの無限の
大陸的の長閑な相位を愛する
日本に於てすら
「青天寒雁啼き
空山木葉飛ぶ
日暮れて烟村の路
ひとり空盃をかかへて歸る」
と云ふ
これを安つぽい悟とは見られない
實に私達東洋の血液の中を
澄み切つて流れる深い生水の
あたたかさである
榾の火の中に灰が殘されて
行くのを見送る細い目の形である
てのひらに圓い石をのせ
春雨の降るのをわすれ
理窟なく笑ふ愚人の
低い低い水の流れ方である

九十九里の
鹽にかすむ大洋を眺める心の
覺悟の如く良ろしい長閑《のどけさ》である

人間の眞の力とは事業ではない
あへて云へば
角ばつた魂のかまへ方なぞではない
むやみに所謂天才とか稱する人間の仕事に
あやまり閉口することではさらさらない
目のきよろついた毛唐には
眞の佛顏と云ふものは
無いと稱せられる
私は覺悟してこの言葉を
信ずるものである

私をして云はしむれば
人間の中のまことの云ふに云はれない
味を有する大きいものは
支那の名の知れない古僧の中に存する
而もその古僧と云ふよりも
その古僧のおとなしい
すなほの顏面の中に存する
ミケランジエロの顏は
毛唐としては出色の出來である
美しいなげきとしてキリストは古今の品位であ
る
そしてフランシス――づつと下つて
ソクラテスを良しとする
だが西方の顏面を一言で云へば

睡ることを知らない顔である
あせをかくことを知つて雨の中を
ぬれて歩くことを知らない顔である
しんしんとして降る雪の中に
ひたすらにしづかなる世をこめて
ひたすらになじみある
永遠の顔付ではない
杉の葉をわけ　石を通り　水をすぎて
暮れ行く
かさばることのない顔付でもない
ここにいたるとき大尊しやかむにぶつは
遙にも遙である
眞にまことに桃源の暮れ行く
遙けさである

いくつかの詩
いくつかの彫刻
いくつかの音樂
これがよく宇宙的の傑作であつても
それだけでは人間は買へない
ここに私の友達の言葉がある
「詩に憂鬱を語る
畫に光を描く
像に力を彫る
この悲しみと喜びとは
幼兒のむづがりよりもいと力なきかな」
この言葉を
宇宙の大空に擴げ渡すと
いい氣になつて

天才偉人の事業とか稱するものを
向ふ見ずに賞めちらかすことが
如何にがまんのならない身振であるかに
氣がつくだらう
この言葉は不遜である
けれどもたれも云はないかも知れないから
身の程をわすれて
私はここに確にしるしておかうと思ふ

本當にすごく考へると
才をめぐまれた天才の仕事も
閑をつぶさんがために出來得たものであらう
これを努力とよび
苦難と稱し
靈魂と稱するとも
これこそはまことに
四方八方あくことなき
毛唐の道程である
私は東洋の水に愛せんする
そう云ふ心のふんい飾のない平らかさを求める
笑つて元素にかへる平凡兒を賛する
延べたる手と足の長閑なる
無限の中に
この生涯の絶品を見る
求むることなき大仙の遊山は
塵を拂つて申し分のない宇內の出來事である
佛法僧は鳴くと云ふ――眞の
味《あじはい》は元素の優遊の如き

みちてあふれて
とどまるところなき
佛顔相位の絶大と安穏の中に存する
かくて終局として私は
己れを苦しめて苦しめざるものは
偉大なりと思惟するのである
毛唐は苦しめて苦しめることをする
あへてとらぬのである

さるにても秋の山日和に
東洋の山はさらさらと
大千の如來佛を浮べて
長にめぐりめぐりて苦しみを調ふことをする
まことに人の體《かたち》とは
消ゆる中に表はるる消ゆるものによりて
作らるることを信じたい
私はこの顔面と胎祝の
二つをかけて夕陽の圓光にいたるまで
造物の主の最後に待てるものは光る
目を持たない人の顔面と云ひ得るに足るまでの
人間の顔面《おもて》であることを
かたく信ずるものである

「雲無心に岬を出づ」

○——風の吹く午前には古い木椅子に
坐つて　善い手紙の封を切りたい

○——八月廿三日　森の中で風と小鳥をききなが
ら緑の音のやうの排泄をする
春夏秋冬の排泄の神よ
雪の中に　草の葉に　その幾年のそれを
許させ給へ

○——三月七日　アグニ（火）の色の奥に
古い住居と古い雨をきく

○——火の山の鳴もおやみて降りつもる
雪しづかなり阿蘇のみ社　　佐々木氏

○——喜んでこそ花嫁は美しい

○——素直さこそ生物の不思議のうれしさである
素直なる人——
思つても　思つても
程を知らぬ心のたのしさである

○——夕方や小供の聲や　たのしい晩のごはん
それがあの春である

○——心の影に——
われ生れ　われ夢み
その夢の來りて
今　谷間の奥に輝く　山の湖のほとり
しびれの藁屋に
雪の滴を聽くに候

佳き調べ！
明るき小さき粒の切なる勝鬨！
きけど〳〵ただたのしげの
記憶となるに候

○——汽車ぽつぽがついた

母さんかな
おや
よそのおぢさんのうしろから
一寸見えた
胸がどきんとした
うれしかつた　　或る尋常三年生

○——日記　古い日記を讀むと

夏でも久しく火を見つめてゐると書いてある
あはれのやうになつかしい

○——クサノメ　　尋一　入部能夫さん

小川ノドテノ
ユキトケテ
アヲイ小サナ
クサノメガ
チヨツポリ　チヨツポリ
デハジメタ
ソダテクサノメ
オマヘガオホキクナルコロハ
ボクラハ尋常二ガクネン

「お前が大きくなる頃は僕等は尋常二學年」
いいなあ、能夫さん　これを讀んでこんな
童子に何が言へるでしょう　ただ胸がいた
くなつかしさに面伏せて　あなたをうれし
みことほぐばかりです

○——寒き夜にわれは思へり山ふかく
湯氣立ちながるる熱き溫泉《いでゆ》を

結城哀草果氏

○——とき——

この山の生活を初めた頃の
その昔の春に
わたくしはしびれの湖邊ののどかの陽をあびて
かけぶとんの白い襟掛の巾《きれ》をぬいつけた
今日も又
秋の快い輝かしい陽の中で
同じことをした
あの春とこの秋との間には
色々の事があつたけれども
雨後のやうの自然は
人の感じを豐かに結んで
おぼつかなげに
糸で縫付けるその巾《きれ》に
靜かななつかしいえにしをかけてくれる

○——日記——三月

ウルサマジユル
アクチユラス　スピカ　ウウリガ

春の夜のいみじさに歌ひ昇る
特に北斗高し
この夜　水一升五合ばかり飲み　めし食はずね
たり

○――皆良いのである――
花咲かおぢいさまは良いおぢいさまです
けれども
いぢわるおぢいさまもそんなに
わるい人ではないのです

○――風は吹いてゐるものであらう

○――草坐――

ひとにとりて　ついになつかしいものはちいさ
な　ねぐらのくさざである

○――領主　夜ふかくからまつの梢に
降る雪を感ず

○――星　スコピオン　アンタレスの子を
産むと云ふ事
谷川の水にのりて　あの岩を走る夜の歌
となるといふ事

○――水平線はげに古い姿也

○――火を見てゐる　風のやうの氣持也

○藁屋の夜の雪滴――この雪滴の音からあの春
の峠まで　どの位の道のりだらう

○――自然は後向だ
だれにも前に行けない

○――火は覺悟の如く美はし

○――ねざめてきけば　わらやをめぐるみづのみ
だれつつなほととのふものは、よもすがらなる
このきのこほりのとくるみづにそうろう

○――身をゆすれ　浮世に　おゝ子風よ
ただ身をゆすれよ

○――限りなくのどかの日にかぎりなくのどかに
小鳥が鳴いてゐます
　こう云ふ言葉は假名で云はなければいけ
　ないでしようねえ

○――少年の日――
あの目
あの日
好の少女が向ふからくる
近づくとふるえて目をふせた
あの少年の日のどうじは――
　もうあとのことばにこまるです

○——人間が人間の墓に花をささげる
まるで限りないうれしい天地の日曜日である

○——今夜は湖の水も荒れ　梢も騒いでとても寒い　江戸におられる　おとうさま　おかあさま風邪を召さないやうに　ごきげんようおやすみなさいませ　どうじはこれから　好な水を食べて　この風をききながらねる

哀心之墓碑銘

文をなし詩稿を綴る時
心の髄に感ずる事は
われこそはと云へる
この意識の果敢なき誇である
而し古の賢者には之がない
それは
萬目荒涼たる謙遜が
こころよく細々として
古の大道に美しいからである

われ冬を好むと言ふ言葉に
既に人に勝れたりとなす貝殻がある
オリオンを歌ひ
太虚を賛するとも
考へられたる自己でしかあり得ないわたくしである
その私をかへり見る時

私はしみじみと天中に誕生を返上して
無心の湖中に骨となりたい
思念　記憶　文章　力量
私はこのわだかまる誇を切りすてた
四捨五入の桃源の日向
何と言ふても支那人の骨相の中にある
あの大きい
あの大きいすなほなのどけさを取上げる

夕暮に

こうして又夕暮がくる
土からくるのか
石からくるのか
植物の芽からくるのか

そうして今日が暮れて又あしたがくる
そうして次々に來るこの夕暮が
一體どうなるのか
どこへ行くのか
世にあつて「力」を掘り
山の青葉を得んとするも
やがて疲れ
疲れ　疲れて同じき姿の
同じき人は
この同じ夕暮の中に
誰がせめて
この夕暮を睡り得るであらうか

この世に生まれ
初めて恐れなく天を視た日の
その日が暮れて
明るさとくらさのやはらかくまざる
夕暮が來た時
夕暮こそ
ほんたうになつかしいあの夕暮を
産むことをする
來ても來てもくる夕暮の中に
私も又貧しいしびれの夕暮を持つた
そして
その夕暮を心に得て
このはるかなる夕暮の偉大の中に
實に素直なる
落葉する落葉の
かきむしる胸のなつかしい自然を知つた

土に還り去る日
（その日こそこの夕ぐれを伴ふてくる
私は心の限りに於てこのかへる日の平和を夕ぐれ
の風にさわぐ樹の梢にむすびつける）

思ひ出すのは春の來る前の
冷たい夕暮の日に
しびれの湖邊で聽いた雪鶯の聲である
天は晴れて
空氣は澄み　雪明りの中に

ものみなは光の如くおよいだ
その時　ほのぐらい夕暮を明るくするやうに
鶯がまだ雪のある小楢の枝で鳴いた
その聲は湖に響いて
山を渡つた
丘には雪があり
灯は藁屋の中にちらついたが
夕暮は　ただ
ひたすらにこの雪鶯の聲を迎へた
そして何が人間の求むるものであり
何を人間の排すべきものであるかを切斷し
とうとうとして
この小鳥の聲は流れた
冬は晩く
春の初め
あたたかい雪の中に
こんなにも近くこの鶯は
地上にこの夕暮の誕生を鳴きしきつた

夕暮の中にある
夕暮を明るくする「力」と
夕暮を暗くする「力」と
なつかしいしばし落ち行く
露の不思議に
このいのちのしばしを觸らしめよ

ああ
人とはこの細く落ち行く

谷矢川の流れに
流れ流れるひとつの流れである
その流れを手にすくへば
この夕暮の
夕暮への信仰は
人を土に還らす日のよろこびをつける
まことに
最後には
夕暮の中を流れる
ひとつの流れこそ至上である

無火者を賛す

領主　朝　ゆかの上に思はず可愛いゝ虫をふむ
僅かに動く足をながめて
人は久しくありぬ
こうなると言葉なんざあなさけない
わたくしではない
人である
どうか大きい人はこの言葉をすなほにとり
上げてほしい
風の中にかへることなきものこそ大いなり
この時　造物の主は恐らくうちわの如き　ぶだう
を見事にそだてて風の中にかへることをしてゐる
だらう
それだけである

何にもかも敵はない時に

人間の不思議を支えるものは
このうちわの如きぶだうの一房と知らねばなるまい
蟻をふめばじじと云ふ音がする
絶對の遺傳は影しづかに
無火者にささやかの火を與へて
又還らせんとわが海に暮れ行くのを感ずる
而してひとは
ここにやつと感じを破るものに近づく

良寛禪師の歌

久方のしぐれの雨にそぼちつゝきませるきみをいかにしてまし

草のいほにねざめてきけば足び木の岩根におつる瀧つせの音

きの國の高ねのおくのふる寺に杉のしづくをききあかしつつ

おなじくばあらぬ世までもともにせむ日は限りありことばつきせじ

ちんばそに酒に山葵《わさび》に給はるは春はさびしくあらせじとなり

春になりて日數もいまだたたなくにのきの氷のと

くる音して

　いともねんごろなる道の物がたりに夜もふけぬ
　れば（文政十二年秋）

白たへのころもでさむし秋の夜の月なかそらにす
みわたるかも

さよふけて岩間にたきつおとせぬは高ねにみゆき
ふりつもるらし

いでことばつきせざりけり足ひきの山のしいしば
をりつくすとも

之を讀んでは全く申し上げることばがない
之は歌ではない　とうとうとしてはるかに越えて
ゐる
之は雨でもない
けれどもこれこそは雨である
まるで雪が降つてゐるやうの歌なり
人間發生以來　わたくしは良寛禪師程素直の方を
知らない
日本と云ふ島は良い島だ
海はようようとして　山と花とを作りながら
秋はあきつ――こんな大きいとんぼをこの小島に
舞はせてゐる

良寛和尚

「師余が家に信宿日を重ぬ。上下おのづから和睦し和氣家に充ち歸り去ると雖も數日のうち人自ら和す、師と語る事一たびすれば胸襟清きを覺ゆ、師更に內外の經文を說き善を勸むるにもあらず、或は厨下につきて火を焚き、或は正堂に坐禪す。其の話詩文にわたらず、道義に及ばず、優游として名狀すべきなし、唯道義の人を化するのみ」。

聖大の御僧ゐます
昔昔の冬に候
こは天心無二の人　殆んど春と等しく
國《く》上《がみ》の杉木立こそ　天地の杉木立に候
清音夕餉される時
その五合庵は　さくさくとしてじつにひとり
三十有餘年
晩さんの箸に思ひ到れば　胸はいたく
ろうろう　ろうろうとして
ここにきく三十ゆうよねん
風　流れ　火
うたた太虛の野に導かるる也

まるでどうにもならぬ
澄流　清瘦して鳳眼　大千の如く
高く高く
その素直さはなつかしさと等しく
深大は良く火をたく力を持ち
ここにまことに
秋津の國は三千年

嗚呼　御馬鹿良寛
この人あつて大和島根の春は
のどかにも
無局にのどかに候

太虚流水之行

人間無常と云ふ言葉はなつかしい。そして永劫の高處には、この無常を慰めるせんせんたる泉があるであらう。岩間と岩間の間には風があるであらう。今しびれの庵の南に懸る夏の明月に對して春の桃花を想ふ。亦、人間無常の思ひの致すところである。死したるもの、生きおるもの、それは同じに等しい。死者も生者も等しい。その本體に於てはいささかも異ならぬ。流れと云ふ、水は流るるのである。私はいつもあの青い無限の大海原に臥たいと思ふ。そして輕舟に帆を張つてただ海の水の中に明月を探して聲なきあの風の中に消えたいと思ふ。

赤兒より幼年、幼年より少年、そして青年、今日三十に近く、既往を顧みれば、ただ、ふるさとの園に生ひ育つ桃の木の青葉程の力もなく、めんめんとしてここに肉體を持ち得たに過ぎない。夢と云ひ、幻と云ふ、色々の事を知り、色々の事を味はひ、色々の事を考へた。けれども、それはそれだけに過ぎない。

豪大なる時間の經過。

自然の萬象の中に織り込まれたる時間

人間の骨肉の中を流るる時間手を上げて、快哉を叫ぶに足るものは僅かにこの時間である、あはれにも人間よ、岩上の苔をむしるものを知るや、自然へ自然を與ふる者を知り得るや。

春來れば花は開き、仲秋の名月はあの滋々《じじ》と鳴く草中の蟲を輝かす。冬の不變なる夕陽の色、そして都會は騷ぎ立ちて永遠《いつまで》も　村は草を苅りて馬小屋に馬を飼ふ――

殿上人も乞食も等しく一つの肉體にすぎぬ、野川の草に隱るるどぢやうも、一國家の盛衰も、又あまりにもあはれに時間の中に殘滓と消える。

地上の獲得物――これを求めて人間の五十年はあまりにもいたましい。ただ風の如く吹くものを聞いて之をこれ得物なりとなしこの地上の存在を終る。博學なる書籍をあらはし、眞理を研究し、經濟の理を知り、萬事萬端の道にこの肉體を挿入して時間と共に性欲、食欲、住衣、子孫に沒入する名聲、美德、修養――而も人間の得たるものは何にものぞ、それは實に得ざると等しく、それは實に無きと等しく、この個人個人の存在を高處に於て望觀する時、それは墓を立てる迄、時間と云ふ大袋へ頭腦を積込む仕事に過ぎない。この思念は形而上の範圍かも知れぬ、さりながら人間の無常はこの形而上の思念によりて僅かにもその自己の無常をまぎらはす。

死したる後に俺はどうなるか、俺と云ふ人間は俺より外はないか、自然と云ふものはこの自然より外はないか、水の外にまだ水があるか、私は信ずる、人間の外にまだ人間と云ふ存在がなければならぬ、その人間は無限の宇宙の彼方に惜しくもその姿を消す。私の生の得物はこの夢である。この幻に似たる想像を長く〱引き延ばす時に、春の桃花は愈々紅に、秋の午後はいよ〱風おだやかにのどかを極めるのである。

人間は美しい夢を見得る僅か一種類の宇宙動物である。百米を十秒二で飛び、一時間二百四十五哩を走る自動車の記録も、沙翁の戯曲、ゲーテの生涯も、共産黨事件の公判、買ひ集めた大好きのこの「コドモノクニ」と云ふ雑誌、わが父の好む小野田千代太郎氏の棋風、「富士に立つ影」の熊木公太郎（彼はじつにいい、一つのなつかしい東洋の骨である。小供の造つた、山の小川に懸けてある水車を終日《ひねもす》見てゐる公太郎の目はやゝ風に近い、彼は全くいい、）麻生豊氏の描くあのなつかしい只野凡児も、ヒンヅークシ山脈の一岩石も、風にゆるる葡萄のみのりも、ベスビオの爆發、東南の微風松蟲の聲、湖上の接吻、卓上のコップ、或はロッキーの雪も、秋蜂の羽も、一寸その素行について叱られたが爲に自殺したる女子大生も、古い桃の花が日向ぼくりをしてゐるやうな西園寺公望の顔も、立山の遭難者も、ロウソクの光、大江山の酒顚童子、松の匂ひ、丹後の宮津、又面白い支那古代人の顔も、豊臣秀吉の一生も、ベルリン、希臘、午後の靜かの陽のあたつた二百年前の江戸の街も、エチオピアを流るる小川も、草の中に佇む兎、音なき夏の夜の銀河、飽きる程まるいこの靑空も、いつかきいた立松房子氏の唱はれた「祭の後」と云ふあのうれしい歌も、アマゾンの川、ボウテスの星座、アクチュラスの實光體球、古代エヂプトの諸王の生活も、カムチヤツカの沖を流るゝ春の暖流も、栗の落つる秋の午後、九月の菊、カンガルーのたのしい日向ぼくりも、コーラン、婆羅門の教へ、器械工、小麥の起源論、春の土を這ふ水蒸氣も、テーベの都、明るい春の野を見下せる山々も、七千萬年の時間、涼しい井戸の夏の水、又一匹の海鮫も、「ゼノフアネス天を仰いで一なりと見る」といふ言葉も、泥だらけの足を小川にすすぐ喜びも、午後はかく語り、午前はかく話す二人の目も、馬鹿も、物理學者も、冬の夜のあの天に命ずるジュピターの光も、年老ひて山々を歸り來り、又もマツターホルンの秋風に雪をかむれる姿を仰ぐウイムパアーも、風の中で喰ふ林檎も、西方の日沒時、南西の丘々、フンボルトの航海、ミルトンの失樂園、ペヱターの高さを持つ「ウヰンケルマン」といふ論文も「さんざしの花咲く庭に小女輪して踊る」といふ言葉も、ケーベル先生の顔も、一日に目の前でしぼつた山羊の乳を二合、椰子の實を一つ、葡萄を一房食ふガンデイーも、曉の山鳩の聲も、テニソンの詩も「あらゆるものに雪にさへ同じ匂の二つの場所はない、少しの時間でも、同じではない。眞晝と、夜中と、冬と、夏と、風の吹いてゐる時と、靜かな時の匂の何んと違ふことだらう」と言ふ言葉も皆人間にとりては一場の夢であり、自己も、他人も皆この中に夢の如く臨終の如く消えてゐる。

さて一つの事實、一つの物體が、已に夢でありその材料はことごとく假空の無言像である。そこに自巳を立てんことは不可能である。食を得て生きて行くと言ふ、人と對話をなして心をまぎらはすと言ふ、この普通の生活意識を世の中とすれば、それは墓場へ行くまでの時間が世の中となる。そこに夢がなければならぬ。夢は人間であることを證する唯一のものである。其處に私は時間が與へる唯一の夢を欲望する、その夢は大空に擴げられたる私の意欲の像、一つの文章であればいい、卽ち私を大千の世界につなぎ得る「赤兒搖らん記」であればいい。蛙の如き一つの落着であればいい最も奥深き泉に映るあの高い青空であればいい。所詮、地に歸る。いつかこの人間界の欲念を燒いて快く秋刀の齒となる。私はこれを實現したい。水が水を實現するやうに私は私を實現してこの地にかへる。青空や、木の葉や、この美しい朝風に動くしびれの湖や、遠い太平洋の風や、魚や、木やなつかしいものは切りがない。私は人よりも遂には自然を好むだらう。けれども遂には又自然よりも人を好むだらう。この木の葉の色こそはまことにこの五個年の孤獨の生活の色である。

無言の壁、爐《いろり》の灰、藁屋の火、水といふものの無限の長さ、この心の、夕暮の泉にひたるあのひゞき、良寛への思慕、女人への愛着、湖上秋月の銀光、天より吹く微風、五月や、六月や、麥の穂や豊かなる天地の間に秋の夜を鳴くあの山を涼しくするみみずの歌や、遂に有言の人間になつかしく淋しく別れて私は無言のこの自然に無限のあいさつを送つて土に歸る。

山の頂に「地球の海」を創り、水平線に「ロッキーの山」を作らんとする。それは少さい夢ではない無言の獨りはほぼこの絶大の空氣と等しい、生きては爐邊の火となり、死しては大空の風となる。私の願ひはただこれこの自然の有する力を、この身に示顯し得ずともこれこの水を或ひは我がものとし或ひはこの風を我がものとせんとする欲念は無限である。幾百度、幾千度、聞きたるこの風、見たるこの空（いつも見てゐて見た事のないのは常にこの空である）私は自己を無言のうちに生長さして更に無言の人となる。自然と等しからんとならば草となれ（最高の梵は恐らく草であらう）この思念徹せず未だ遠く到れず。僅かに心中に一餘裕あつて抱くところは遠い〱世界、風又火、火又水――水をほとばしらす土にして四大の元素は私をして宇宙の一野生物たらしむる。

それまではこの風を聴く。この風を聴き得るまでは二億年でも生きてゐる。聴き得たら死ぬ。風を食ひ得て後なら死ぬ。それまでは天上天下、風火の草屋にこの腕を全うすること、宇宙よりもたしかである。そして二つの目はなつかしく火を見つめて止む時はない。

なつかしいものは藁屋の榾火、愛するものとては柔かくあまたあれど。手毬に數ふる春の雨、よい幼兒、あの折鶴。あの紙の風船、あたたかくあたたかく私を其處に運びてこの目は戸外の風、卓上の水と共に人間の「心の親和」をより合せ、慕ひ寄らせて、人は一人、影は一つ、今、石の如く默して火をみつめ、太古より限りなき時間へと流れゆくこの音を思念する。

以上の如くあつて獨り住むもの、甲斐の國は山上の湖上に、天の年を數へて、地の草と共に季節と天候の深い詩編を「日」の中に刻む私の仕事は紙の上の字を滅して、このうつりゆく時間、「日日」の中にある。それは地上に見ゆる以外の一つの「月」である。あの兎が餅をつくと云はれる以外の「月」である。それは人間の限りのひとつの満足である。さびしくわら屋の隅に火を眺めて心の窓に「地上の月」を創らんとする私の悲しみ、その樂しみはこの「月」に終始して離れない。夢よりも遠きもの、幻よりも高きもの、地獄よりも汚きもの、蛇《をろち》よりも長きもの、人よりも美しきもの。言はこれを表現し得ても、表現し得ざる無限物はこの「月」のまはりに付着して、私の生涯のしびれの思出をつくる。

人間一人。心一つ、湖一つ。國は甲斐の國と稱せらる。この大いなる夜の中に、私は漸く木の葉をなでるまでの丈となつた。夜半に獨座して榾火に現はるるほむらを眺めてはいざりの如くこの宇宙の心中を這ひ歩く。その評價し得ざるものの面白さは、こつこつとしてせつせつとして、ししとしてこの五個年の時間の中にある。

山は立ち、湖はたたへられ、人は迷に、鳥はつがひて、石は花影をやどし、樹下に良く安心者たりああ人よ。良くかの大洋の強さを記憶するや、夕暮の絶豪を窺ひうるや。賛は深し人間の求むる夜なるもの——ああ何人か求むる夜の一部を生きたるや。生きると云ふ、願はくば死する日のまぎはに、私は一片の晴れ間を高いあの天の一方に眺めて死にたい。

風よ、そして草々のゆれ動くたびに、私はその草の上に止つて、いつまでも幼兒の風車の如きこの地上の小湖を思ふであらう。夕暮に尋常二年生が前へならひをしてゐるやうなこの泉をなつかしみ抱くであらう。

ここに言葉がある「曇り後ち晴れ」私は他日、穗高の山裾に梓川の流れを追ふて、春をあんずの蕾に知る時、なほこの曇りのち晴れと言ふ言葉を忘れないであらう。

曇れ、曇れ、曇りて雨となれ。

藁屋の雨滴はやがて春の清朗をもたらす。

曇り曇りて晴れる日に春の鼓ののどかにも
心の野川のせせらぎをなぐさめてくれる。
曇りのち晴れ——この頃の心の寂寥をおし切りて
私は切にあの高い青空にこの言葉を送る。湖の筏
の上にたいまつをたいて火に燃ゆるこの心を火と
なして夜の暗に、この言葉をむすびつけ、あの奥
に光る星にこの言葉を送る——

ああ、天地——人間の一生、幼年の日、しびれの湖
——私は春の雪滴をすくひて日かげうららの午後
遂に桃の花の肥料となる——その日、その日まで
晴れのちくもりと、この曇れる心中の苦しみを土
に埋むる。土は花を咲かす。春雨、柔かく春の夜
にいたく吹く風のなつかしく、遂にただ私は自然
の土に還るの人となり、土を歩む蟻をなつかしん
で草々の露を聴くの人と終る。
已《しか》るのみ、山上の湖、静かに夜は深く、ほととぎ
すも鳴かず、僅かに立秋、秋の蟲をきく。月も沈
みたり。湖はくらし、星は北斗沈み、コロナ西に
傾き、フヲマルハウト南に表る、これから水を呑
んでねる。

二十九歳八月十日、夜

以下三篇高田子風作

領主に贈る春の歌《ソナタ》

序　曲

ゆくりなくも春を思へば——あの草に寢ころぶ春をおもへば——水も風もうつくしくたまらなく心をたづねて來ます

蠅は羽をさすり蝶は草の葉で靜かにおとづれを待つて居ます

川は野草にかくれ　山際もかすんでしまへば　白雲は遠い古から浮び　日がくれてはやがて消えて行きます　晝は働きませう　夜はねむりませう　あかつきには東から小鳥が今日の歌を唱つて來ます　春はかけめぐるおもひをつゝんで　いつもかうして微笑んでゐます

第一章　白い空のうた

澤水の石かたぶけば
泉ほとばしりぬ
石かたぶけば
雲も流れぬ
ひと　いつしかに春とぞなりにける

戀のあそび

見候へ
うぐひすもあかるく
障子には日ざし滿ち〳〵て候を
うすきみどりの光こそ
み手にはふさはしふ候へ
われのみに
膝よせて

聲うつくしふ
いざ語り候へ

語らへば言葉も知らに
木の葉の笑まひ
いつかはなれ難く候を
語らへば
永き日も果敢なう
草の芽もかげりて
夜はみじかう候ものを
やわ肌ふか〴〵と
ぬば玉の黒髪を敷きて
果しらぬ國の末まで
いのち分ち難う

一つになりて
露の如くに
まろび落ちて候ひぬ

見候へ
うぐひすもあかるく
障子には日ざし満ち〳〵候を

好日

男ある日
菜の花を手にもちて
都に出ましたよ
男なんにも持つものなく

あるはたゞ菜の花ばかり
ちまたの人袖ひき合ふて
あれは何人なるやといへば
誰もかも知らずと言ふ
霞たなびく夕暮まで
男ふらりふらりとまかりありきぬ
さればとて　をかしきものをと
人たま〳〵にたづぬれば
男　何も答へで菜の花を一つ抜きて與へ
さつさと行き過ぎましたよ
人　問へば菜の花をやり
人　問へば菜の花をやり
老も若きも皆菜の花を手に持ちて
男のうしろにまかりありきぬ

さる程に　春も晩く
菜の花も　うすうなる頃は
さしもの都大路
百萬のともがらは
皆手に一本の菜の花をもちて
役所にかよひ　工場に通ひ　會社に通ひぬ
男かくして五十年の年月
なんにも持たず菜の花をさげて
春となればふらり〳〵と
都大路をまかりありきて
問ふ人に皆菜の花を與へましたよ
されば　いづかたも
菜の花を知らぬものなく
男の姿　忘れ難くぞなりにける

されど男或日
海に入りてとほく〳〵沈みしまゝ
つひに歸らずなりにけり
のこせし文をひらけば
たゞ菜の花一本はらとこぼれましたよ
かの男　うせにしのちは春となれども
都大路に菜の花を持つこと
たへて見えなくなりました

第二章　黑い水のうた　――略――

第三章　幼　き　春

知らぬ國の古へ
知らぬところに歸りませう
さあ
土をふんで
この小みちを行きませう

林が盡きて
ほの明るく
水には小波がうかび
風は頰をおとづれました
ぬれた足に木瓜の花びらがついてゐました
おや何の音でせう
少女は野の國から來たと言ひました
楢の林がさわ〳〵とゆれると
耳たぶの様な白い雲が

水のまん中にうつりました
あれはわたしのお母さん
あれは僕のお母さん
木には小鳥が並んで
足をうごかしてゐました
雲はどんなに長く
二人をそこで遊ばせた事でせう
夕日がわらびの山にかくれて
風が木瓜の花びらを飛ばすと
雲は山へ歸り
二人は何時か眠つてゐました

松の花が散れば
二人は下を歩きませう
いつ大人になるのかしら
それは山のうさぎが知つてるよ
田の畦の
白いげんげと
赤いげんげが
さう云ひました

船がかにをとつて歸りました
燈臺が黄ろく光りました
二人はふなむしをつかまへました
海には鯨より大きいものがきつと居るよ
ばんごはん
海
どつちがいゝかなあ

二人はばんごはんを食べながら
海にはもつと大きなものがゐるといひました

ゆくりなくも春をおもへば
をさなき國に遊びぬ
わすれたる草の芽
細く〵
わがすそにまつはれり
喜びとかなしみをもちて
この園に芽生え始めぬ

第四章　喜　び　の　春

大　海　の　歌

かもめ飛ぶ春の一日
人　ふるさとの濱邊を泳ぎ出で丶
彼方なる海のはてに向ひぬ
海のはて常に遠く〵彼の前にありき
水はにがく彼を呑み
或時は奈落に沈みたり
大濤彼をむち打ち
或時は魂破れたり
されど屈せざりき
かなたなる海のはてを求めて
彼の手も足も
阿修羅の如く
みだれにみだれぬ
目はかすみ

耳はふさがり
胸は夢の如く動かずなりぬ
されど屈せざりき
わだつみの春の日は昫々として
彼の動かざる手足を照らし
かもめは折々
見えざる目の上に飛びぬ
かくして彼は
遂に
求めに求めし
海の彼岸に達したり
わだつの水
喜びて彼を迎へ
日も風も彼を讃へたり

彼の皮膚はやけてあかゞねの如く
長き闘を終へしよろこびにその手足をのゝけり
彼は岩上に立ちて王者の如く
日と風と水にあはせて
長きよろこびをうたひぬ
されど見よ
その立ちしところは
ふるさとのはまべにてありぬ
かもめ飛ぶ春のひと日にてありぬ
海の涯は依然として彼にはるかなりき
彼はされども
既に笑へり
わだつみの水喜びて彼を迎へ
日も風も彼を譛えたり

彼は岩上に立ちて太古の如く
日と風と水と海のはてとを抱きて
永劫の歌を唱ひ出でぬ

ほそ〳〵と思出のみちに
なつかしきひとに會ひて
われ歸り來りぬ

喜びの春

きよらかなる喜びわれに來れり
うつゝなくもさまよひしわれ
春をたづねて
喜びと光に満ちたり
世のくるしみなげきなつかしさうれしさ
今や吾と共にあり
友よ知るや
山の頂に立ち
小さなる食卓をかこみて
喜びの春を歌ふを

友よ唱はずや
ながく〳〵唱はずや
汝が父母老いぬれば
ちゝはゝのみ手をとり
汝が妻病み伏せば
枕かき抱きて
涙ながして

こととはの春を唱はずや
こゝろ苦しまばくるしみを
家貧しくば貧しさを
まづ山の頂に上り
空しき食卓をかこみて
春にあはせて唱はずや

醉はゞうまし酒
くまば美はしき水
高く捧げて
春のよろこびをことほぎまつる

餓まことなれば
貧りしはいと美し
足のろき春の脊にうちのりて
われ餓ゑしとこそ歌ふべし
春はゆたかなるものなれば

怒まことなればつるはしの刀先をそろへ
憎みよろこびつゝ
齒がみなして
春を伴ひ唱ふべし——
春は大いなるものなれば

われ戀人を失はゞ
子鳥の如く悲しまん
その悲しみを春に言ひ

われ悲しむと歌ふべし——
春は心強きものなれば

友よ　山の頂に立ち
さゝやかなる卓をかこみて
春の榮光をたゝえん

おごそかに靜かに春よ
とこしなへに
人とともにあれ

夢もうつゝも來れ
いざ手をとりて
春の榮光をたゝへん

われあれば
ながき春あり
われ死すれば
永劫の春あり
喜び限りなく
かけめぐる今ぞ
おお春と聲うちそろへ
足をどらして
いと高き國に昇る

僕のお嫁さん

向ふの丘に菜の花が咲いてゐました

丘の道から可愛いゝ娘さんが
包《つゝみ》をもつて歩いて來ました
見てゐると
娘さんは歌をうたひながら段々とこつちへやつて
來ます
そして家の門に來ると
角札も見ないでうちへ這入つて來ました
そして日のあたつてゐる椽側に來ると僕に言ひま
した
「今日《こんにち》は、お嫁に來ました」
そうしてとんと椽側に包を置きました

再びアホダラ經を畫く

とはいへ　淋しきかな人生
幾度廻ると雖も
淋しきかな人生
更に以上の想なし

子風より領主への手紙

僅かに一通を採る

春となれば心動く
雨にも
戸にも、ゆるやかなるひゞきあり。
壁を這ふ煙草のけむりに、曉の音をきゝて
耳傾けたるかな。
風生　昨夜酒を飲み、八時にねて、三時に起きた

夜中　風呂に這入つて水を三杯のむだ。
山茶花と、なまづの賛をよむ。
山湖のにほひ、ひたすらに迫る。
電車通らざる小徑をなつかしむ。

さて街に足を止まらしむるは人の心なり。
人、憂に滿てり、
白粉をぬりて、眼　憂に滿てり。
不變を求め得ざるもの
電車に乘らざるを得ざるもの、
ものを探らざるを得ざるもの、
蛙啼く春なれども
女を抱きて、
女は抱かれて、共に憂にみてり。

蛙啼く春なれども。
人　憂を求む——一つの掟なるべし。
憂は口べにをもて彩りたれば、かくて子々孫々に
家と憂を遺す、
煙草のけむりに如かず、良寛和尚の涙よく不變と
流行とを知れり。
風生の涙、未だ彼の大和尚の笑ひよりも冷たし、
道は遙なり、不變を求む。
不變に徹せざるもの、流行の憂を共に悲しむを得
ず。
道を敷き、灯をともし、樹を植ゑ、世を擧げて貧
しからざる時も不變を知らざれば、口べには憂の
色あり。
空を飛び、火星に至るとも、いつか異る事なし、

詩に憂欝を語る。

畫に光を畫く。

像に力を彫る。


この悲しみと喜びは、幼兒の笑ひと、むづがりよりもいと力なきかな。

幼兒は不變と流行を知らず、まことに滿ちたり。

流行の甘き腕と、死の苦しみに深くして、蛙の聲いよいよのどかなるべく、
月のおもて圓かに、極まれば、人の憂、いよ〱しげし。

渦中の清流、木の葉はよくこの間の消息を知れりをさなごの笑ひと、なきつらより生じて、をさなごの笑ひとなきつらに歸る。豪宕たるべし。

文辭多くして、風生の涙、大和尚の笑ひよりも冷たし、道は嚴なり、一語を解せざるもの、よく大千を得たるもの、此の二つ、たゞ風生を導く。


世に文章の親方ありて、すぐれたる物事を畫く。

是を讀むで得をした事なし、只心騒ぐばかり、不變は座下にあるのみなり。

風生　交響樂よりも民謠を愛す
流行の根底この中にありと言はん。

「第九シンホニー」と言ふ、濁れり。

風生近來スコットランドの民謠、オールラングザイン（螢の光）と、カミングスルーザライを愛唱中なり。

流行の憂と喜び、稍幼兒に近し。

之はながく人と共にある歌なり。

人にたづねて之を好むと云ふものは、一方に於けるわが友なり。

領主、湖のものとなり、不變に徹せよ。

よきものを生まうなどとは愚なり、ほとばしる泉あれば、人皆之に口づけるべし。

深く世の憂と共にあれ。

文明をいとふは愚なり、文明は憤より發す、人の悲しききづななり、それ自身苦しみに外ならず。

風生も人に引かれ、きづなの憂を共にすと雖も常に不變を修めて、幼児の涙と笑ひの强さに至らんとす。

山中に入るを止めらるゝ多くの人の心なり。

領主の心に待たるゝも、流行のきづなとなる。風生しばらく不變を共にして街巷にあるべし。


不變、山水を須ひず。

亦、山水を須ふ、時あるべし。

さるにても、早春、野と水の誕生に幼児と手をつないで、小さな草芽を撫で度くはある。

領主へ

三月七日　子風

領主より子風への手紙

同じく僅かに一通を採る

夕ぐれたり
湖もなぎたり
裏山で切つた松の青葉を燃す
爐邊にあり

春もなほ爐邊にあり
今日は春山にありて木を切りましたり
ほゝじろをもききたり
松を切り小楢の枝を切りたり
午後のすすむにつれて
蛾眉山かすみて見ゆ
風生よ　湖の水もよくすくはる
我れ春山に笑ひ　風の湖に生ずるを
ながめて
山に住み
春山にあるのみなり
わらびの葉　春に出で
杉　春空に立つ
そはよろしき姿にして

これをみて
わが心の
細く足りあふるるなり
藁を食つて事かかず
出づれば山菊の芽
わらびの數
この二つ
春を受けて今しびれに目覺む
春宵　爐に
あぐらして火をながめ火を食す
その思ひあたたかにして
盡るなき春は
冬に湧き出で
せんかんとしてめぐる

いささかの事に
心よろこぶ春なれども
岩をうごかして
なほうれしきは
寒山湖心
冬にある春にして
冬夜の壁にかくれてたのし
ゆきつもる夜　戸はひそかにゆる
火の燃えて
その障子はふん雪の
さらさらと心に至るなり
いま春なるも
窓に　火に
ほかげにうごくかげありて
いとしづかにも過ぎし
冬を思ふかな

さて　風生よ
人の世の事は六かし
童子なにもわからず
高く行く雲をみる
美しきは雲なり
限りないものは象の目なり
犬　雪　されど
女と云へるもの
學問と云へるもの
歌心と云へるもの
むじなの巣にしかず

母に産れるをさなごと云へるもの
とほき心と云へるもの
夕ぐれにしかざるなり
心とはまどひなるかな
風生の童子に
不變を求むと云へども
なほ小なり
わが心は終始まどひにすぎず
をさなごと云ひ
大千と云ふもしかり
このまどひとこしへに
やむことなし
いと小さやかなるものの中にも
大變を感じて我が心の
常に小なるかな
いとまづしき事にあひても
心いよいよ淺くして
うすき事春のこほりのごとく
わが心の常にさびしきなり
さりながらわづかにも
春湖は冬よりきたれば
心をも知らず
世をも知らず
をんなをも知らず
ひなまつりの歌をこそ
そよと知りて
ひそかにも　よく
僧獨のいほに口づさむ

行くかな　行くかな
風生よ
不變より大なるものあり
火に近づきてよ
童子の心頭に去來する
おんみの歌は求むるところ
實に大にして　あに
ただに大千に波しく一語をかいせざる
こころの英傑にすぎざらんや
我のおんみに牽かるる
巨大と微粒に至るまでしかり
なにものも童子の前に
おんみをさえぎるものなし

わがよろこびは
風生にあり
おんみ高ければ我いよいよ
ひくくして　いよいよよろこび
おんみ人とならば
もくねんと泣く
我か　我か　なみだなし
我か　我か　我は
風生なり
かふるべからず
なみだありぬ

石をかぞへ得ば
おんみにおくらん

風あり　竹あり
今の如く爐邊にあぐらして
おんみによすれば
眞大の灰の中に
あたたかく
なつかしき
火の燃ゆるなり

さて思ひめぐらせば
世は花のごとくありと云へども
花にはあらず
なまづのひげ
月かたむくをみて笑ふは
おもしろきかな

光みつと云ふと云へども
なまづの腹には
ただ水あるのみ
世は男と女なり
文明にはあらず
山の間にはあらず
人間のただ春山に
春風を觸破し
唇上草觸のところより
とほき時
ちまたには男多く
女多く
藝術と音樂とのふるなり
草のごとくあれよ

自然とは男なり女なり
世は憂しと云ふ
まことに朝露のごとし
なつかしい言《ことば》なり
朝あり　夕べあり
風のごとく童子
湖にありて風となり
風を生み得ずとするも
大風のごとく
大變と不變の向ふで
ささやかに目をふせて
ひだまりのしびれの日にあるべし
かくあるべし
かくあるのみ

酒をのみ
酒をすてて
水をのみ
おんみの我が小屋を
おとなふ日を待ちて
青き竹にて
つくりしふいき竹にて
火をふくなり
心よりこのめるこの灰を
舌上にざらつかせるなり

ここにまことに
この燃ゆる火は
古より歩み來れるものにして

領主はよくこの山湖の楫の火を愛す
とう〳〵として世は動くに
火の燃ゆる音の
おだやかにありて
山間にわびづまゐして草屋に風を待つ——
いまさて街巷と山水を同じきものと視るは
人間の大いなり
さりながら山はかくの如く
川はやつぱし自動車とは異るなり
文明を嫌むにもあらず
流るるが如き人の中に
人なきを淋しむのみ
文明とか町とかは
嫌む程のものにもあらず

夕陽に昇りて
それを眺むれば
その文明と町のほこりの
わが心にじんじんねんねんとして
いかになつかしいかな

風生は坊主となりたくはなきや
坊主とならずとも
山水を須ひずとも
街巷なほ不變を修めて無に到り
秋を月に聴くを得ば可なりと云ふは
言葉のみ
人は一度のものなれば出來得る限りは
重んじたきものなり

まして童子の風生に待つが如きは
限りを知らざる石の重さなり
さらば風生時あらば脱ぐべし
恐らく蟻とても
春には巣より出づるものなれば
熊とても　その春のきざしに
ふきの芽　うどの芽を嚙むものなれば
日陰にありて母熊の姿に徹し
日向にありて蟻を見つつ
時あらば
古き雲の下なる山に
永劫を學びほほけよとすすむる
領主は無腰に水刀あるにすぎず

風生は大いなり
その「春の歌」――
「菜の花の章」に到つては
古今の山茶花の葉つぱなり
いかに我が心にしみ渡るかな
おんみこそはわが饒舌とは異るなり
いでや風生　いつかは大熊に風をあて
過ぎ行く日のかの二名《ふたな》の風とならんことを望む
望みと云ふその望みとは
卽ちただこの文章
わがみぞ落ちの當りを涙の喜びもて
あふれたゝく文章一つを作りくれよ
領主かく風生に云ひ得る程の
ものにはあらざるも

こん夜はいろいろと云つてしまつたなり
童子の草にまじりて
いま爐邊の火のかたはらに
心のじつにしづまるかな
慕ふなり
ここに大千よ
あらゆるがらくたのふたをすてて
われには
おんみ一人でたくさんなり
嬉しいのなり
笑ひたくなりたり
これだけ書いたら爐の火が消えはてたり
ひざ小僧つめたし
えんぴつを持つ指もいたし

立ち上つて
裏戸から小便をしたり
北斗のメラク　エリオス
梢の葉越に見ゆ
この間の風生の手紙　よくおちついてゐたり
幼兒のくだりよろしくして
よきものをうまふなぞとは愚かなり
との言　とうとうとしてただ大きく
いかばかりうれしく頂戴したるかな
風とあれ　夕陽の强さとあれ
その時こそ　永劫も　水も　春も
幼兒もなし

いまゆくりなく

風生に抱かるるをんなを感ず
善い哉
領主の目の幼兒の如くよろこびに輝くなり
われ二十八
風生あつて自然ありぬ
いつまでもたつしやでゐて
この山の太郎を
可愛がつてくれよ
いつまでもおんみのあのなつかしい目の
われを導け
いつか新宿の驛まで送つてきてくれた事あり
あの時の目　忘れず
うれしい哉
あの親《しん》たるや

あゝ善眼　領主のにごれると異りて
いましびれの小屋の
棚の上にすすけおはします
木食上人のおん目によう似たるかな
風生に父母なし
實に快なる哉
目あり　ただおんみの目あり
よきひとみ　よくかの木食上人を悦ばし給ふ
あゝ　風生をわれ好むなり
情あり　三月十九日夜
この情にあびてかくは多く語るも
なほ意行かず　大いなるものあらば
大いなるものあらばとのみ

風生に惚れ慕ふ
ごうごうとして流れおち
やがて細り行く童子の
いかに持てるものを持てる風生に牽かるるかな
言語《ことば》に傳へ得ざる夏の空
秋のきいちごの實多くして
榾の火は寒く
かくてこの春の夜にひとり
風生への山椒の書面を一氣にしたためうれしむ

いましばらく筆を投じて
風生わが前にあるかと思ひおるかな
山中の夜　小屋も冷えて
火もほとほとと
そのおとなかにおんみのゐるかな
永劫にわれなし
この夜我れ無く　風無く
風生の豪宕としてわが心を撫づるあり
童子　火とありて水を呑む
きはまりなく　きはまるところをしらず
ただこむる心のままにこの風生への
領主をおくる
からだをだいじにしてくれい
これからめしなり　はらがへつたり
こうこうを食ふなり

爐邊に腰を下して

領　主

三月十九日夜

子　風　へ

「随縁消日月」

弘法大師

いろはにほへとちりぬるを　わかよたれそつねな
らむ　うゐのおくやまけふこえて　あさきゆめみ
しゑひもせす

深々として
限りない歌
春の雨よりもなつかしき歌なり

とうとうようようとしてただあたたまるなり

火

山に住みなして
雪の粒を食ひ
水にて石を洗ひ
火に酔ふてありける
いさ
火の神をたぐり引くものは
かわきたる木の
一木　二木
そこに火の子の
親しげによりそひてける

そこに火の子の親しげに
よりそひてける
明るき終りなき夜にまで
草の屋に
さやさやと
火の　ようも
この　この木の葉の音に似たる哉

ヒルティ

「人は何處より來り　何處に行く
あの黄金の星の彼方には
誰ぞ住む」

時間

時間はすべてのものを澄ましてしまふ
人は各々　石を一つ投げて去る

凡愚弱心行

さびしき時は息もつまり
咸くあじきなきかな
意味もなくおり來るこの心は
たえやらずかなしきなり
首をたたいて容《ゆる》しくれよと
祈るこの心は何んぞや

ミルトンの謂ふ「弱きものこそ不幸なり」
要は行爲の中に
否行爲を見、否行爲の中に
行爲を見ることあたはざる
愚者の下《げ》品《ぼん》なり
わがいやしき妄想思惟は
何處に到つてやむべき
深理《じんり》を尙ばずしよう〱として
浮囊に枕す
この人として人を持たざるものは
わざはひなるかな
秋は已に三十
われに山の香りを殘して去れり
虛に安居《あんご》し得ずとも

せめて
太虛の道場に通ふべし
而るを　あはれなるは
わが心の臥《ねむり》にして
かなしきは暢《のぶる》を得ざる
無爲の弱心なり
一塵の人　參心して目をとぢ
祈つては古僧に展轉せよ
明心或は來るべし
文字を數ふるを止め
動きで藥を賣るべし
天心の秋高く
街《ちまた》に陽影のおつる時
汝よくその陽影を激揚して

心の小さき迷語をすてよ
火と水にうごく永劫の佛縁に面せよ
深くおちて影となり
影となりて岩をめぐり
水滴《しづく》によふて音にしづまり
菩提の道念となるは良いかな
影となり　たそがれとなり
小さき蚊帳となり
只野凡兒となるは喜びなるかな
むしろ得道の道心をすつべし
一如夜行の雲よりおつる雨しづくの
おのづからなるを見よや
妙術は世にあらず
糞《ふん》して秋を正門となし
尿して春を裏門となして
この世の訪《ともら》ひを
心に歎くとき
人は何故に生まれたりやの
底なき疑問は
實にわが寂心をさいなむなり

言《げん》はむなし
たれかよく經書をひもどき
ミケランジエロの彫刻と繪畫が
この世に現はれたるを證《さと》し得べき
在《ある》は廣大なり
されど無きも更に大なり
われ實在の正誤を知らず

夕暮の中に
山も野も又畑も空も町も村も
諸佛如來の如く消え行くを見るとき
無きは更に廣大なりと
自然の十方無碍の
祖道に額づくなり
かくて
われは何故に生きてゐるかを思惟して
轉々苦悶す

三尺の爐を前にあぐらして
水を行く魚を思ひ
空を飛ぶ鳥を思ひ
限りなき日の、限りなき宿《やどり》を感じて
迷はいよいよ迷に
疑はいよいよ疑に
不滅を充足さすものは
遂に自ら眞に生きてゐる夕暮の
偉大にありと觀ず——觀じて得ず

——山に住んでも
電車に乘つても
話をしても
文を爲しても
不動　精靈　深大　淨信なく
いづくまでも　いづくまでも
纒縛し來るものは
この苦惱寂寥の悶者なり

道念を攝取して
人の道を守り正しく生き
正しく死すると云ふか
無慘なり　宇宙の赤心
廻轉して技頭に花を飾り
春光うららかに歌となるとも
わが本願は救ひにあらず　死なり
長塚の節《たかし》は鬼の如くうたふ
「小さなる蚊帳こそよけれしめやかに雨をききつ
　つやがて眠らむ」
睡りてさめざるものこそよし
最上の詩編は
決してキリストにない
佛こそ夕暮の如く絶大にして安穩なり

ここに見る蒼々の海の
暮れゆくが如き言葉こそ
至上なるかな
「すべて作られたるものは
みな無常である
生まれ出でたるものは必ず死なねばならぬ
それ故に生まれる事がなければ
そこに死がない
滅だ　滅だ　無だ
この滅こそ最上のたのしみである」
これをさながらに言《げん》し得る
いにしへの賢者は火を求むる
丙丁童子に向つて
汝むしろ

火を求むるをやめて
火となれよと教へて去れり

かくて塵を去つて
我が本源の根をたたくとき
いたくいたく元素に牽かるるかな
風は高く高くものを言ひ
水は疑はずして深く歸り
土は持たずして無限を藏し
火は信じて近く大地に昇る
なつかしいかな　みちたる空氣よ
南と西の
沈みくる夕暮の中に
いつか元素にかへるわが肉身の
打ち連れて元素よ
さびしきわれを歸らせよ
諸佛如來の聲もなく
くらい夕暮に影を消す蒼茫たる
五蘊皆空の中に
いつかは　われに消ゆる坐を與へよ
その日初めて
無終の桃原は
又土上にその一草を加ふるであらう

ウヲルレアス

「起るところの事は
何によらず

何か皆宇宙の利益の爲めのものである」
深大無邊　豪宕たる古今の思念である。

一つの强

夕暮の頃明るくなるしびれの湖の
へりに私は春の蛙の姿を見ました
蛙よ
火に近く姙めよ
生物は一つの强
强は男女　めすをす
股は鉤《つりばり》をのみ
魚も又蛙に似て
その傍に
その赤い鉤をのむのである
すなほにこれをうたへばいきものの
なつかしさここにきはまる

堅氷の春に解けなば

堅氷の春に解けなば
醉ふて消ゆるを見るべし
心うき時は石をならぶべし
雨をきかば
草の中に雨滴《しづく》の長きを思ふべし
從ふは良ろしい哉
平和の妻は良ろしい哉
春に　石に　雨滴に從ふて

山を思ひ
文章を思ふは心明るいかな

無　言

風が吹いて
椎の葉は動いてゐるが
その葉の影のおちてゐる大地も
動いてゐて
動いてゐるものの中に
時と處との
いのちが　又
だれにも知られずにすぎて行く

自畫像贊

「我れ最もいやしきものと等しからずば
我れは何ものにもあらず」　カアペンター

「口をつぐみて　ただ
年月の移るにまかせよ」

聲

水に沈み行く石がだまつてゐるのは
ほんたうに不思議の美しさである

人は聲に來る
聲は　思ふよりづつと　づつと
深いものである

忘却

或夜　私は私が死んで
この手が腐り
この足が腐り
この頭が腐つて
とう〳〵しまひには
この造化の神の至上品である目も腐り
やがてこの美しい爪もくさり
何もかも腐つて
この世からこの土に還り
やがて元素の幾十かに分れ
肅々として風吹くものの幻の中にさへ
消え果ててしまふ日を思ふた

然しそれはそう恐ろしくはなかつた
安らかの平安はこの延びたる手足をめぐつて
私をしてむしろ
此疲れた目をとづる日の無限の安息を感ぜしめた
そしてこの世に引く
私と云ふ水脈《みを》の影は
何物をも殘さず萬萬歴々として
空の空なる彼方に
たい然として無敵の空にかへるこの
無限の腐敗を謳歌した
不思議ではない
山に住んだ小草の一つの思念である

安んじて目を閉ぢ
つゝましく口をつぐみ　無の中に忘却す
この目やこの爪や
私にとつて寧ろ
秋空の廣さを擴め
この頭腦や　むしろ私にとつて
秋空の狹さをちゞめる
忘却に行け
嗚呼一切の主に問ふとも
彼に足拂ひをくはせるものは
この無比の忘却の泉である
忘却に行く
自然天上の高さである
思ひなく忘却の道に還る
これより最上の樂しみは決してない

一夜床上に腐敗を想ひ
ぼう〳〵として深くも淺くもない
忘却の歌をうたふ
何の目もない
萬物の平和はこゝに朝風の如く完成し
私はこゝにむしろ
不則のかの輪廻を忘却し去る

誕生の日の以前を思念して

どうすればいいのだ
指を眺むれども

煙をはけども
自動車の音をきけども
どうすればいいのだ
生きてはゐるのだけれども
見ても見えぬし
聞いても聞えぬし
味つても味はへなくなつてしまつた

吹いてくる風に手をのばしてゐる
電車のレールに光る夕陽を
さびしそうに見てゐる
つり堀のかなしい魚である
宇宙は一體どこへ行つたのか
「時間」は未だ殘つてゐるのか

三越デパアートストアよ
このわたくしに
人間を賣つてはくれないか
望みのないどぶのねずみである
この水おちの邊をつつくさびしさと
云ふものは
どこから來たのか
海は人間を產みつぱなしにして
漂よはさしてゐる
弱音だが壯大の星座よ
どうか漂ふ海の上に
下りてきてくれい
藻はぬれしきつてゐる
どうかこのぬれた藻をほしてくれい

そしてほほか〱と明るい秋の山日和に
せめてあのがさがさの音がききたい

——江戸にかへりて——

鹽

この鹽そのむかし大洋の中に遊び
この鹽そのむかし風にかをりをあたへ
この鹽再びめぐりて
我が卓上に美はしき
「品位」とおかる
物なれども
心の底の岩に當れば
この鹽の　佛書より　又西方の經書より
ゆえわかず
明るき灯に照らさるる心地するなり

手にとれば
じりじりと
親しく涼しく
口に含めばからくして深くはらはたにしむ
キリストに「品位」あり
人はキリストに於て「品位」を證せられ
自然は鹽に於て
その「品位」を證す
澄むものは鹽にして
その鹽の良く高いかな
身をしづめ　ゆすり　昇り

攻むるとも
安定に行き得ざる
遥なる「道」の彼方に
鹽はみちて大洋をめぐる
心を牽くものにこそ手をのべん
鹽に心を組み
灰にいぶるこころをふせ
われも又實に
この世を樂しまざるの眞の底暗き
生物の風貌に牽かれゆくなり
水をかけ　水をかけ
風に洗ひてこの天地の
地藏尊に額づくべし
限りなきこの世の影を見すて
ひとつ
本堂の本體に源を得ることをせよ
鹽は良く
その埋もれたるものを顯はすの「力」を與へて
ながくそこに
今の如く手に近く
汝の傍にからくあると知るべし

言葉の歌

一

雪の上つた戸外《そと》に出で
人はその手をあのすみ渡る星に
つなごうとする

そして雲母片岩　硅藻土
羊歯類　火山　マストドンに
牽かれる
海の水平線
山と空との接合點
木に積る雪
風と岩石に心牽かれる
それは人間の祖先が
動植物の歌に合せて生きた
この心臓から來てゐる

二

空を見るには「力」が要る
林檎を嚙むにも胸の感情を
要するであらう
人があつて自然は形となる
そしてそこに赤道に向ふ
人の讃歌がある
光は右にもあり
又左にもある
依然として戸外の健康は
人間の喜びの大道を造つてゐる
カプヌスの星は光り
夜　海原に雨は降る
日沒の歌　空を祝ふ歌は
いつもながらに不變である

三

植物は完全してゐる
昆虫は見事の不思議であり

かたつむりは美術であり
蝶は云ひ分のない繪畫である
太古の豐饒は湖水をつくる靜かの
推移に似て
縱波横波は幾何學よりも推理する
虫の活動は神を飾り
蜜蜂の容積は北氷洋よりも大きい
かくて天頂を通過する
あのアクチユラスに計つて
私は心の距離を決して
この大地から狹めたくはない
あんな無限の羞恥を杉の梢の雲から
あんな背後にある共通を
この湖水の水の音から

あんな愛情を赤火《あかひか》の山の嶋から
共にさまざまに
私はとり入れる

四

今や時代と學者から私は離れる
私は軟體動物から
魚類の時代を歩む
溫暖は小さい
一微生物も入り得ない氷河時代は
見事である
それは材料が空間と時間とばかりであつた時代だ
それは遙なる水と水との無言であり
更に青銅　石器の時代を
新しい時間としてゐる

そして海水が漸く去つて
そこにヒマラヤ　コウカサス
アルペン——ロツキー
アンデスが表はれてくる

五

そこに生物の風貌と云ふ言葉の意味が來る
空氣と水との後と言ふ言葉の重さがくる
不可思議の目をもつた無限の意味のある人がくる
一つの水滴から——
人格と創造と決定と
十萬年のしらみ取りと
廣大の海と形式と筋肉と
なつかしい兩股と放廻的　包含的
輻射的　無神經的の
ごちやごちやした譯の分らない
桃源に睡り得る印度の大神と
相撲をとる　虫けらよりも臆病な
空のやうに澄んだ
可愛らしい牝牛のやうな
ごみためのやうに汚い
火《ひ》水《みづ》風《かぜ》土《つち》の强さをくぢく
一個の生物の風貌が表れてくる
つまらぬ學校教育
髪の毛の分け方
寢おしろい　胃病やみ
虫下し
こう云ふものからづつと離れた
不思議の一本の指

この目に見える花
木の上にある空氣
喜びのやうの湖
高い個人性
生氣　皮肉　馬鹿　平和
愛撫　野蠻　正直　接續
實感――力――そして
廣茫たる靈心のあの二千萬里以上の
矛盾――その單純の豊富――
その魅力　橙の實り
ささやく風――廣い牧場　空の雲
日影うららかの小川　小鳥　田園
幾日間か滞在する印度の
カンチンジュンカへの旅程
南カンサス　サンタークララの平野
日向の國の片田舎　農家の軒に
咲く木犀の花に　又その日本の
東北の氣溫になれて
雪の止んだ夜　ひとり山の頂に
天を仰ぐしみじみとした生物の
風貌は
包み切れず包み切れず
今ここに人間を讃する
喜びの歌への
私の限りない糧となる

六

（ここで何んだか心安らかに
やつと木の葉と草の葉の間に

身をおいてそのひつぱるままに
身をおいてそのひつぱるままにまかせ
私はうれしげに
なつかしい秋の午後をおくる）

七

（或は又雪のやうに明るい月夜の晩
小屋の灯をつけて
甲斐の國　しびれの湖を
たのしむ
豪大の風は過ぎて行つた
今は心つつましやかのたのしさである
僅かにも人に與へらるる日向ぼくりの
しづけさである
この平和の草を分けて
心豊かの幾曲り　少しの變化
書籍　雜記帳のはしくれ
柳の枝と食事と夏と
小鳥達と　薪割りと
冬の午後のからまつの森に搖曳する夕陽と
五個年の藁屋の薪火と水とは
小さい私を支へて更にその思念は續くのであ
る）

八

私は嚴かに日曜日の朝
閃綠岩を机の上に置いて眺める
神の如き無限が思念を切りやぶる
これは私の時間が
大地の元素への不思議の感情に入つて

この行爲を私に強ひるのである
くらべもののない變質
石炭藻のやうの生きもの
それがここに閃緑岩の度し難い
廣大と共にゐる
これは地上にある人間の面白さへと
ささぐる　たまらない暗示である

九

ここに無限の原子の歌の一綴りを
誰れが綴るのであらう
私にはこの閃緑岩への
綴りはつづれない
ただこれを眺め眺めて
やがて止度なき雑草の茂りを
ほめたたへるのである
そして流れてやまぬ河の流れを
偉大なる夕暮の中に又も
又も眺めながめる
そしていつか最大の神の海原から
白帆を夕日に張つて
海をかへりくる
その人を
植物の果實の如き嬉しき喜びの表情でたのしみ迎
へる
その人こそ　その人こそ　雪の音を造る
私の好きの
最大の「人間《ひと》」である

十

人は誕生の以前
始めてすきとほつて美しかつた
私はそれを靜かに思ふ
私は雲母片岩
火山　羊歯類　風と岩石に私の
秋の神話をつよく結ぶ
そして古《いにしへ》から
雲を迎へて實る秋そばの
風にただよふ香りを記憶して
ただ　すなほなる心に寄りかかり
山の木の葉に枕して
遥なるかの誕生の日の前に還る

十一

私は今こそその昔
私が太陽であり
愛らしいやさしげの娘であり
形而上學者であり　小蟻であり
ヒンドウの土人であり
廻轉運動であつた頃を
想ひ見る
たしかに私はその微妙と廣大の
塊であつた
今は人として存する
私は實體としての
大地及び陰陽
對立及び等位の世界
肉體　心　縫着と夢想
小鳥と睫《まつげ》

靜かなる時、健全と恐怖
醜惡――航海者、睡り
こう云ふものの中に住む　まことに
誰が私が草に咲く
すみれの花でなかつたと云ひ切る事が出來ようか
ただ私のふところにのみ
太古の岩上から
林檎と林檎を育てた葉ツパは
還つてくる
そして遙々とすみ切つた
あの冷たい大空の奧へ
「地上の種」を播きながら私は
再び還つて行く

十二

それはそれだけの生への私の
時間である
歌ひ來つて以上の
言葉の歌はこれでよいのである
夢想　眞實　暗示　簡單
永劫　小春日　これはこれで
私の生への歌となる
まこに春の小鳥の屢々も
自分自身と遊んで我を忘れる
幼兒にも似て
人は神の如く又更に言葉の如く
美しい
それは大河の中に拾つた冬をすぎた春である
山水のいつか雲へとかへる

かのなつかしい還りである
私も又人と生まれ
そして生き　ものに牽かれ
記憶をつみ
やがて大洋の鹽へと還る
この元素への還りこそ
生命《いのち》の禮儀である
そしてこの禮儀こそ私の
五十年に降下する
初めてのたのしい
觀世音菩薩である
嗚呼
この禮儀こそ
この禮儀こそ

まことに神よりも　神よりも
人間のなつかしさである

眞清水

おひいなさまや　折鶴や
花咲かおぢいさまや
もしもしかめよや
大國主命は
常に永劫の一つであつて
頭腦と識量の上にある力である
それは不變に高い　人に臨む
澄明の力である
何人も如何ともしがたい力である

斷片

○——子供が淋しさうにふりかへりながら——遠
のくわたくしの姿をなつかしさうにながめてゐ
る　そうしてかう云つた
「ぴんから八番になつてしまふた
ぴんからはちばんになつてしまふた」
桑の枯葉がさわいだ
ほんたうにびりから八番である
もうあんなに遠くなつてしまふたと
淋しい子供の夕暮の眼は
萬物の神のやうに柔かく見える

○——しづけさ——
夜　水を湖に汲みに下りて坂を
のぼつてくると
こまかい雪が小屋の戸口の開いてゐるところか
ら射すランプの光に
白く小さく
飛んでゐるのがみえた

○——着物——
童子　もう〱とてもほめるです
日本の着物はほんたうに綺麗です

○秋の夜——
山住みの秋のよる

雨を聴いて幼兒の時を思ひぬ
忘れたる野の草の
遠く　遠くかへり來ぬ
風はゆれ
心はぬれて
榾の火の藁屋の夜《よる》に
みみずはおとづれ
水はめぐりて
われなつかしき人となりぬ

○――「萬目肅條たる存在を產み得るまでに人間
は進化し得るものかどうか」
この高村氏の言葉は良い

○海――

しびれの湖の太郎
山にありてかの大洋の鹽を思ふの圖

○――山の雛祭　三月三日
善い奇麗の子供と遊びたい
今日は山の庵もひいなのおまつり
湖の向ふの丘には桃の花もみえる
幼い善い子供と遊びたい

○――「目の光は心をよろこばせ
好き言信《おとづれ》は骨をうるほうす」　詩編

○――苺をむしる音はまだ人間までは
きこえてはこない

○スバル――二月の頃

昇り來る美はしきスバルの星よ
流れにかかる水車の
まはり　まはりて昇りくる
銀の苺の鈴音しづかに
スバル　スバル
昇り來るやさしきスバルの星よ

○――四月五日　春の夜にいたく吹く春風をきく

山湖の春の夜　星高く澄みて風に搖る　童子
爐邊に火とあり　影の近く灯の風にゆれて影の親
しいかな

○――何んとも云へぬ可愛いい娘さん！

あれ　あんな樂しい目をする
この人が何か悲しくて泣くときは
どうだらう
それだのに
あれ又　あんなたのしい目

○――灰は良いなり

灰を祝祭《まつる》は眞大也

○――夜　消えた灰を見てゐる

○――風の子の春の歌

雨毎にしびれの夕餉は後れぬ

○幼き日に――
あどけなく月の兎の夢を見て
われの眠りしこともありしか

○柱にて片手をささへ春の日に
雲滴のみし昔おもほゆ

○手毬つくうたものどかに春の日に
雪滴うたにまじりてきこゆ

○春の一夜　桃の節句には障子の影の
幼兒とあそびたい
桃の祭　宵のたのしいつどいかな
燈火によひやみ消えて雛のかげ

春の夜に影あたたかく雛達の
障子にうつりましたるかな

○石に彫り　文によせ　詩に描けどもかへるなり
人　狀態《ありさま》を取採《とる》や
とれども擧げ得ず
やはり　ひくきにつくながれの
素直さにひとしく大海の夜《よる》の
――明るさに還るなり

死したる兒の母に献ぐる歌

われは母に別れ
われは父に別れて

なつかしき母の胎をばはなれ行くなり
悲しみは石よりも淋し
されど行くところは
とこしへの古き國
この國に亦更にいつか
われの
おん母のあたたかき胎をもとめて
その乳房の陽かげに
來らん春を
たのしみ待たん

一

母よ
われは過ぎ行く小舟に乗りゐたり
すぎて過ぎ行くとも
なほたのしき人々の聲にしありぬ
されど
遂に眞夜中の森を
すぎゐし時
われは聽きにき
その奥處《おくが》の涙の石の傍に
さめ〴〵となみだする
わが母のいまし給ふを

二

さびし　さびし
吹く風すらなく
終夜《よもすがら》のつゆはつめたく
水草の穗も破れたり
いかにしてわれ母を慰めまつらばや

身をもだえてそのすべもなし
されど母よ
悲しみの涙をとめて
せめて一日にして永劫《とは》となりし
わが兒のこのささやかの
母へのうたを
心しづかに
うたひうけ給はりてよ

三

母よ
いま　われは鳩住む國に來りぬ
羽の間に
くちばしをそろへる鳩の子に
われわが母のありかを尋ねぬ
ねんごろに鳩の子の——その時
「おんみの母は
わが母なるこの親鳥の中に住めり」と
言《こと》答へぬ

四

母よ
われ　さわさわときびの穗の音の
きこゆる地に來たり
そは母の乳房　六月の實《みのり》は
饒《さわ》に　風きよく
かげ細かに
母の胎にと似しところ
あたたかく　あたたかく
わが母を仰ぐところなり

五

母よ　なほ
われ夏の涼しき谷間を登りぬ
われは木蔭にしてゆるやかに
すぎ行く雲を見守りゐたり
明るきあめつちの中にありて
われは　しばしも
ひとり草藉きて眠りぬ
眠り行きて
小さき息をそよらにつけば
母のなほ　音もなう
ここに來りてわれをいつくしみ給ふを知れり

六

母よ――又
われ秋の日に　忘れたるが如く
栗林にゐておんみを思ひぬ
その長かりし日のいつくしみを
われいかにして答へまつらばや
そのなつかしき目なざしに
われいかにして禮《いら》へまつらばや

されど　はやわれは死せり
悲しみははてなし
わが母よ
されどなほ沈み行く夕陽も
又昇るものぞ
兒は小さくともかくもかしこし
或はオリオンのくさりをとき

スバルの娘に迎へらるるやも知れず
かくも強く　かくも賢きわれに
せめて
母よ
涙の目もて笑ひ給はず
かのありし日の如く
そのやさしきやさしき眼《まなこ》の中に
とくるがやうの
かの切なる笑ひを給はりてよ

影を追ひて

心の奥處《おくが》にひそむ空しき望は
ただひたすらに
その心に入り
ゆすり　嬉しみ
なげき　嚙み
怒り　叫び　泣き
泣きぬれて
その頬によせ
その胸にかくれ
さてのち　しづかにも目をふせて
その眼に
わが泌み入る涙をそそがん事なり

髪あらばわれに與へよ
巾《きぬ》あらば汝にあたへん
一すぢの道　おぼつかなくも

この世に通り
汝《なれ》とわれを離れて
年經《としふり》たり
汝よ　こよ
淋しからずや
あられ降るこの世に
いとせめて一夜《ひとよさ》の灯はなきや
悲しからずや
いづくにか
わがなげき得る宿《やどり》はなきや

章

○——日光と風の五月の書

アンタレスの歩いた空を視てゐる

○——ミヅヲノミタイデス

○——小さな風を集め——風に字を書いて
爐邊に喜ぶ山の太郎の事

○——林檎と蜂と　美しい禮儀はふたりをむすび
つける

○——動物に祝あれよ

○——樹——　快く小鳥の巣をささゆるものよ
われの樹々の下に住みてあかざるべし

○――星は晝は見えない　しかし見れば見えるのである

○――夕陽を浴びてゐる岩は立ち上るやうに見える

○――暗に小蝶を見る――美はしきもののうち
美はしさの極みなる暗の垣初めて美はし

○――太陽は何んとも云へぬ程たのしく全生物の世話をやく

○――時を思ふとき　私にも
宇宙がにぎりめしに思はれてくる

○人は何故思ふか
穂高の岩石の如くただ梓川を眺めてゐたい

○　童子　松下山中獨坐の夜　古僧よりも更にひとりわが影を見るの事

○――水は母のやうに疑はない　子風

○――秋も八時　春も八時
八時は限りなく八時に起きてくる

○――こんな言葉は親はしい
「日の暮れるのに間近なおそい午後だつた」
童子　しみじみとそこにこの

秋

窓

天地と萬物を感ずる
あの男のやうな板倉氏の言葉である

○——あの高い星は何をしてゐるのであらう　二
十八歳十二月十九日夜

○——靜かの夜　舟にのつて湖上に出る　山の上
に北斗がざんぜんと四ッ光る

○——「ネエ　オカアサマ
ボクタチガイマトヨンデイルトキモ
ムカシトナツテシマフノデショウ」
ムラオカミチヲサン　七サイ

○——何んとも言へない良い人があつた
その人がいつまでもわたくしをふりかへつてみ
てゐてくださる
雪の降らない春の午後の
岩陰の小徑であつた
わたくしはもう　もう
これだけで亢分のやうの氣がした

○——木之葉童子　この名前は子風から貰ひしも
のに候

は　る

羽に影舞ひて

陽ざしある時となれば
くる春はちかく
たそがれにあめはふりにき
夜はあたたかく
垂れこめて
みなものは
雨にしめりぬ

月明

おとめは股す
鳩よりも
鳩よりも
善き少女の股を感ず
そは古寺の雨の如し

秋

夜は小屋の前に立ちて
オリオン
カペラ
アルデバラン　スバルに
向つて水杯を上げる
心　さわやかに
秋にてあふる

喜びの手紙

小鳥は羽をそろへてそのねぐらの丸《まるみ》を作れり
晴れた目を上げて
小さき封の手紙を打ちふれば
羽の如き歌
あまたもつどい來て
打ち振る　封を切りし手紙に
この心の
如何に喜びにつつまるるかな

冬の夜

「冬の夜の精靈なる粗朶の火の
いとも
輝かに燃えたつ時
想像も又
いろりべをめぐつて
ひろがるであらう」

英國の詩人

懇求

懇求に息吹する
それ淫は胎在《はらごも》るなり
結晶にことづてよ
生き永らへてここに淫の鎖あり
尋ぬるに盾と干なり
下に開くものは
上にまたがるものなり
股也

溢れ也
遠く遙に海風は二つを吹きくる
いざ
さらば
そこになつかしきものよ
その優美なる木履をぬげよ
おゝ
その優美なる木履をぬげよ

漁夫の歌

綠の島をさして入日の帆は走れり
帆走るその舟ぎしには
きらめく夕日の照りはえて
夕陽は
涼しき島々の彼方にかくれ行くなり
――われら大海の上に魚をとる
漁をとりてたのしく
鹽風に世を忘れたり
白き雲の眞下に
青く幾五百重の波は立ちぬ
まろびくる波のしぶきをうけ
西風に手を當てて
海に快くこの胸を打たれぬ
――見よ　綠の島にと
黄金の陽のなごりの中を

小舟の夕映をともなふて
いそぐを
その大方は夕の星にまもられつゝ
海幸の星　ゲミニも輝きて
かく　われらが漁夫に
大空の下の床を統べ給ふ

さらば一日の日の生きたるを樂しみ
われら島の小山の小屋にかへらむ
雙子《ゲミニ》の星よ
小さきわれらを守らせ給へ

物語

われはをさな兒に慕はる
かれらはわが姿を見るや
驅けよりて裾をとり
小さき腕《て》にてわが脚を抱く

若し花を摘みたらば
われにその盡くを贈る
若し黄金蟲を持ちたらば
これをわが掌《てのひら》に置く
若し何物をも持たざれば
われをかき抱きてかれの前に坐らしむ

かくてわが頰に頰ずりし
わが胸に頭を載せて

まなざし冀《ねが》ふが如くわれをまもる
われその言はむとすることを知れり

これその言はむとすることなり
「愛するビリティスよ
われらかく大人《おとな》しければ
請ふ　語れ
丈夫《ますらを》ペルシウスの物語
またいとほしきヘレナの最後を」

——希臘古詩——

その後

空氣と春との後
無きものの悲しみには默して後
石にかげる鳥影の後
カウカサスの山と氷のとくる音との後
しびれ湖の領主は
河馬として水の後《うしろ》にくる

僧侶と食欲と
樫の木をにぎる手の後
音の變化とこだまと感情との後
火の匂ののち
低くささやく腿との後
わたくしは
小さい虫の歩みの中にくる

そうして遂に
夕陽を持ち上ぐる正しき目の後
風を大空に廣げ得た後
私は漸く山の頂に
水を呑み得るの幼兒となる

春のかこみ山鳩の巣をかこめば

腰に美しくありて
拒めば甘きものは
更にあまからん
隠すものは
發振《ふる》ひて
帯の冕《かんむり》はとかるべし

熱き房は
海の彼方の島の中にあり
又たのしみの腿の上にもあらん
愛情《いつくしみ》ひらけて
その雙の腿も
春を含みてひらくとしるべし

蒼穹《あをぞら》に新しき高さを加へん

汝　空の鳥に近づきてたづさへたる
秋の木の實を與へ得るや
たれか　枝の上をはねる栗鼠に
土砂《すな》の粒の數をたづね得んや
たれか　頰白鳥の海を背負ひて

天に昇りしを見しことありや

秋の木の實はなつかしいかな
栗鼠の梢に登りつめたる姿は良いかな
頬白の鳥は可愛くうたふかな

分に安んじて
親しく小さく視ば
そこにこの世に祈の如くも
やさしきものの姿を得ん

オリオンの歌

山の聲をきき
海の聲をきくものは
オリオンに來るべし

オリオンはわが心をひらく
はさまるオリオンを眺めて
この夜　草に坐せり
水はこの天上の大庭にみちて
オリオンはよく高く盾と矛なり
天の島々よ
この聲をきき　この歌をうけよ

あがむべきものはオリオンにみちみちてきしむ
いと深き人はオリオンの大庭に立たん
あはれ　秋風よ

われに榮光の鞭を與へよ
さらば　この鞭に崇高をあぶらぬりて
胸をにくみ
心を祈り
オリオンの大をよびて
オリオンよりオリオンに進み行かん

ジユピターは大風の中に坐り
スバルは掌をうつてうたふ放毬の歌をなし
カペラ　ベカサスと
アルデバランの赤粒は天の南天をなして南流す
萬軍をひきしぼり
あゝ傾きて傾かざるオリオンよ
そのをののくが如く

はらはたの悦びをうけて
水は樋《とゆ》をなし
ここに
オリオンは長《とこしへ》に天の凱歌《かちうた》となる

溢るるものはおほいなるかな
限りなき頌は力なるかな
秋の中に水をおとすものは古いかな

ゆれて　動いて　つるさるこの水の直流は
オリオンとなりて
天の大洋にしたたり下る
その流れは心を掘るが如く
散布して

天にオリオンとなる
天をめぐつて望むが如く
オリオンよ（たたへられてあれよ）
わがこの歌をきき
この聲をうけよ

嵐の夜

嵐の夜　水をのみ
ひとり曠野の如き小屋に坐せり
樫は立ち
戸は室内をとぢて
夜は山に暗く
風はわがとびらをたたきゆけり
藁をめくり　舞はせ　又うなり
湖を渡り　山を渡る　夜のなかば
しびれの爐には
なつかしき蟻も來らざるなり

かげ一つ作りて灰をなめ
われはゆれ動く草屋に坐せり
冬のあらしに赤く
ウパニイの火はもえて
ひとはふるく氷の解けし後なる春を思へり

この時　風は更にふきつのり
山にあたりて枯木をたたき
すきまをもれて荒れわたる小屋の

榾火は吹かれたり
風は吹き行けり
小屋はゆれ動けり
而も過ぎ行くわが身は
寒々といづくに行くや
幾世この風とかへるべきや

答ふべき道もなく
曠野の如き小屋に坐して
われこの夜
われをめぐつてしづまる
あらしのごうごうたるしづけさの中に
はてもなく目をふせて
おおなむちすくなびこなの神と
この荒屋のむしろにひとり坐れり

しづかなれよ

しづかなれよ
赤火《あかひか》の山に灯はつきぬ
茅のいほりに夜とわれとひとりのみ
杉もしづまり
魚もひそみ
鳥もねぐらに羽ををさめぬ
さわさわと
おちばを分けて
うれしさよ

湖には霧こめて
秋の山を流るる
くらき夜をともして
谷に知らせ
いまわが藁小屋に灯はつきぬ

小　學　校

一切が吹き去つた後
そこに何が殘つてゐるだらう
私は思ふ
小學生の昔
天高しと叫んで山の遠足に
大事にしてくれた先生に連られて
きのこと
山椒の實を拾つた
あの青空の日が
腰のあたりから頭の裏まで
今もなほなつかしいかをりとなつて
殘るばかりである

赤《あか》火《ひか》の藁小屋

薪こるてふみ山邊の
くさのいほりは
古の人の記して書をなみ
降る白雪を夜をなみ
赤き榾火にいにしへを

思へば夢かうつつとも
ありにしものをゆくりなく
われも山邊のしびれ湖に
落葉たくてふ冬をしも
山のそまやに住みなして
はやいくとせを丸太木の
いろりの火にと暮しつるかも

赤火のみ山のいほに火をたきて
いくとせわれのすごしつるかも

人を思ふて後

春の山川の瀬に水をはねて飛ぶ
からまつの木は芽だち來て
わが前に
誕生の日の以前を顯はしてゐる
夜更《よるふ》けて岩に雪は解くると言ふ
自然さへここから發出すると
云ひ得ないだらうか
さらばこれこそ
木に咲く花であつたのか
幼兒の目のさながらであつたのか
この人を戀ふる心のはてしなき
深さこそ
誕生であらうか
死であらうか
そんなつまらないものではない

これこそは
やはらかき最後の小草に
いびらるる事である
天にも地にもないよくはづむ
ただひとつの手毬のみである

山で採れる食物

山で採れる食物
これよりも美しい記憶はあり得ない

蛙の歌

蛙　蛙　此年《ことし》のかはづ
無事婚姻の式を上げて
山に歸らば
童子いよいよ幼くあらん
人たる露の如し
幼くをさなく死して還らん日には
快く蛙と會へよ
樂しき清涼土よ
蛙歩む爽快土よ
このどうじをよろこばしめよ

良寛和尚

「首を回らせば七十有餘年
人間の是非看破に飽く

往來の跡は幽かなり深夜の雪
一炷の線香古窓の下」

言葉を切りすてて
しようしようとして人品の限りに高く
思ふても思ふても
きはまりない古今の響音である

「終日食を乞ひ罷んで
歸來蓬扉を掩ふ
爐に帶葉の柴を燒いて
靜かに寒山の詩を讀む
西風夜雨を吹き
颯々として茅茨に灑ぐ
時に雙脚を伸べて臥す
何にをか思ひ又何にをか疑はん」

力をも批判をも頭腦をも流しすて去つて
あとに後る風こそは
なつかしいあの晩方の風である
この風　大和島根に
生れいでてよく東洋の水に澄む
水を斫つて刀痕なく
そのすなほさこそ
自ら桃源の無終に續いてゐる

手紙の歌

草屋の戸口に

一束の草束を結べや
さてのちしづかに
その草たばをとき
木造りの藁屋に入れや
水は爐邊にくまれ
薪は西につまれてあれば
人はあたたかく
そこにその身をいたはるを得べし
こはわがうたにして
風吹く午前　山より
きみの木椅子のかたはらに
おくらるべし

よみたまへ　しづかに　きみよ

こは　わが木造りの家のうたにしあれば

お話

大國主命（大穴牟遲之神）の袋の中に
何が入つてゐるかと云ふことを
童子　地質學者に訊きました
そしたら地質學者さん頭をかきました
そをれは　そをれは　面白うございました
これが風の中に住む山の童子のお話です

ノノサン

小澤キイツ（二、四歳）

バウヤ　マイニチ　オブ　ハインノネ
ノノサン　ナカナカ　ハインナイ
ババカモ　シンナイナ
ババデ　ナイネ
ピカピカ　ヒカルネ　トウサン
　△ノノサン――オツキサマ
　△ババ　　――キタナイ

ほほじろどりよ

春雨に早春《はる》を思ひぬ
微雨おちばにおちて
しめりたる土を見る哉

早春《はる》を鳩に聴かめ
鶯　ふきのたう　草の草芽
草庵人　火の前にありて
ひそかに早春《はる》の
よろしき心となりぬ

庵の頬白はねしづまりぬ
早春なれや
火のほとほと
軒のほほじろはねしづまりぬ

この湖こそは

南窓に春を迎へて

赤火の山の麓の川谷に柳ふふみぬ春のしるべに

しびれなる湖邊の山にチガディのなきどよむ春と
なりにけるかも

太陽は遠くとも近く近く引き寄せて

小供等の湖にたれ釣るつり糸の餌先におよぐ春の
魚かな

寒　山　草　爐

峠路をわが越えくれば赤火の湖邊に見ゆるわが庵
かも

白雪の降りつもる夜に音なくば盛りうづもれし小
屋思ひやれ君

山に森に青葉のみこそ打ち茂りつつ

いろり火のもゆる音さへほとほとにただきこえく
るほととぎすかな

春の頃土のしたはしきがままにこころ
ともなく筆をとりて

春のささいささの風にゆれうごくすみれの花はな
つかしいかな

夏の山湖に風は吹いて

草々をただよひすぎてわがいほに湖をめぐりて人
來るらし

晩秋

しのびくる夕もやをさへ爐にたくてふすゑつかた
なる秋となりぬる

つぐみどり

つぐみなく森の中なるわがいほの障子をゆする雪
しづくかも

岩石と樹は

岩石と樹は喜ばないか
壯大なオリオンは歡ばないか
（水の音がきこえるであらう）
微動は喜ばないか
發音は喜ばないか
空氣の中に消ゆる
空氣は喜ばないか
たとへ音なき音とても喜ぶのである

山際をすぐる雲は悲しまないか
私も又世に生きた
しびれ湖の童子は悲しまないか
火の中にある溫かさは悲しまないか
青き海への高い檣は悲しまないか
美しい目と　無心と　歡喜は悲しまないか
悦びは花婿であり
悲しみは花嫁である

それは二人して愛情の幼兒をつくる
大空に満足して
靜かに悅びにさはり
大地に充ち足りて
おごそかに悲しみをいたはる
相談の出來ない唯一の相談は
この人生である
そしてここに
人はことごとく意味を持つた存在の中に
現はれいでて
悅びと悲しみの泉にひたり
生物と生れた仲間の
つとめをはたすのである

スチヴンスン

「夕方が晴れてゐて
あたたかであつたなら
日沒後
宿の戸口にただずんだり
或は橋の手すりによりかかつて
小草やその中を走る魚を
見まもつたりすること以上の
たのしみは
人生に又とあるまい
喜びと云ふ言葉の
意味を十分味ふことの

出來るのは
ほんたうに
そうした時である」

祝宴

松の樹よ　起きよ
山の盤石よ　歌へ
むかしの代のくつをはきて
山の頂より山の頂にと小草を
歩み行くは
いかにたのしいかな
山には囀るものの聲きこえ
あつまりし雪水は流れこん
饒《さわ》實る陽影きよく
風の音きこえむ

なんぢのむすめらは
春の山幸《やまさち》にはらめり
いざよばはりて
山の頂に新酒をもり
心のうたげをとらん
わらべとわらめの群に
とりかこまれて
夕陽の小さき影をうたはん

口を悦びにつけよ

垣を春にめぐらせ
古の日のとこしへは
いまこの春にかへりこむ

幼年

佳美《うつくし》さあり
幼児は草をよばふ
われ臥して草の葉の間に
小さき蟻をたのしみ
さては又大空を見上げて
大空の下に草花の匂ふを見たり
草の葉は幼児の手の如く
わが頭にさはり
わが快きうまひをさそふなり
幼児よわれはかくもねむたし
ねがはくば幼児よ
白雲に目を上げて
たはむれあそび
草を呼ばふて
われをさますことなかれ

人

誰か星を袋に集めて背負ひ得るや
誰か山を立ち上らしめ
小馬の如くをどらしむるや

誰か火にて水を焼き得るや
汝　夕陽を摘みて苺の如く
その筐に盛り得るや
汝　大海に青杉を植ゑ得るや
草に昇りて
おとづれに答へよ　答へよ
人なるもの　時に之をなす

長塚の節《たかし》

をだまきの種はあまたもこぼれどもわれには生え
ず何ににかはせむ

とこしへにとかむすべなしをだまきのあまたはあ
れど手にもとれねば

なつかしい深い淋しさである
ほんたうに長塚の節は可愛いゝ子である
日本のながつかのたかしは良い子である
あまたはあれど手にもとれねばと言ふ
目をつむつて
自然の向ふの人に知られない山の奥から
流れ出やうとしてゐる
なつかしい切なる思ひ
わたくしは實にたかしにおいて　この
云ふに云はれぬ東洋の小屋を
明るくする榾の火の赤い小さな
かげりを見る

雪

雪は森をおほひ
山をおほひたり
時折　枝をすべりて
かすかにも雪はひびきぬ
もうもうと降りしきる
山の夜半をこめて
いほりに一つ明るく
灯は輝きぬ

冬深くさらさらと
窓うつ雪にありける
わびぬれど
火は燃えて
山の湖　藁の草屋に古を思ひぬ

「われら丘にすみれの葉をむしりぬ」と
或子は云へり
「われら柳の芽を見
鶯をながめぬ」と或子は云へり
されば　われも又
いろり火をのぞきて
火の中に雪を伴ふ春をもとめぬ

冬寂びてくる春を
心にのぞけば冬は深くして

さら〳〵と雪は窓を打ちこぬ
火を慰めて慰めらるる
山の庵の雪の夜は
靜かなりけり
ここに
雪も火の道をすぎ
春も又
爐邊の火をすぐるなり

新しき世に

新しき世に夏豆の青めども
われはただ古き山路にいにしへの
わらじをはくのみ

満ち干を不知
ただ火の設けある古の厠に
風の糞をするのみ
山河のまにまにありて
春の竹葉をきき
小舟にのりて竈に燃ぶる草の根を
湖の秋に掘るのみ

かくて時をへてめぐれば
わらびの丘にわらべと遊び
童となりて
共に天の春を指さす

そこにひばりは　ちいちくとないて

れんげ　すみれの背は幼く
春幼く　童幼く
童となりてしびれの野に眠る
海に傳へ得ず
山に渡し得ず
人は醉ふてひとり古に入るに侯
明《また》の日に　明《また》の日にと
微粒《つぶ》の如く
木の葉の童子と應ふるに候
水をこのみ
春の蛇《をろち》を　愛《は》しや　愛《は》しやと
たのしむに候

ふつつかにかく生きて
さてのち　童子
己に雨を長しと言ひ
幼兒のいぶかりの眼もて
なつかしき湖の上の神の宮にまうで
夕陽の賜ひたる太刀とり佩きて
蟻を春に八度抱くに候
抱き抱きてこのしびれの湖
隱りの國に
春の鼓　靜平に
たたなへば
草はたのしく童子の家をゆすり
松は屋根に觸り　鳥はすなほに
湖はひとつ　人もひとつ
灰となる火の中に

文明の豊樂なく
細き古の道をたてて　ひとり
柔かき火とこそは
なりはてるに候

二十九歳九月一日夜

みみずの歌しげく　草庵に最後の夜を
人間の思ひにふける
又くる日まで　だがそれは期し難い
ただ　さらばと言ふ——
星は高い　わたくしは低い
而しそれも又究極して同一であらう
風なき夜　草庵に童子　喜びて終りの夜をねむら
んとす
涙あふれて山はみみずの聲のみ

わさびの葉

村の良いおぢいさま
お孫さんつれて春の湖畔の庵までわさび
梅干なぞを給はるの事

かすみ引きけり
春の日に　おきなは
山を訪ひまして
給はる梅にわさび葉に
陽ざしぬんとく茶を入れて
いほりにわれと老い人は

家をかこみて咲く桃の
花の心となりにけるかも

反　歌

おきなきて給はる梅にわさび葉に
春はあかるく着きてありける

人間蛙はころころと鳴く

村に下つて夜　いつもの如くしびれの村社
產土《うぶすな》の神社に參拜す
而して雨滴なきも雨滴あり
暗はみちて明らかに
傘は小蝶の足音にたたかる
領主の　死を暗に產み來つて笑ふ事而り

しかして大無流力の人間の幸を祈る
ここに腦髓の愚《ぐ》きはまりなく
胃と胸は面白し
神を祈つてしづかにうれしいかな

山みみずのうたよ
領主　いまおんみの長さとなり
無内容の永遠動詞となる
豪宕たる眞の登行は何處に行く——
見ゆる限りの無限は何處にある——
人を去り　自然を去つて人間蛙はころころとなく
だが　まあ　ねごとはやめて
湖の小屋にかへり　よくねむるべし

たが　あはれに
ねむれども　ねむれども
淋しさに人間蛙はころころとなく
そして又力を加へて
そのあはれさにころころとなく

山にゐる男あり

山に守る男あり　海に浮ぶ女あり
その男女合して山川となれば
わびしくも日日又日日　人はものと所とに別る
これを見て　とうとうこつこつの古僧は
萩の花になげかふなり

されど春の鳥なしとは云はず
又　冬の梢のもえじとは云はず
太陽の下《くだる》ところ　緑の木は
水を吸ひて育ち　その育つ木梢の上に
大空は水色に晴れ渡る
よく一本の草も星を娶らむことは思はず
一本の草をもとめて動く
その人も又人
自然は最も炳き火を人の手にもたせて
その示顕するや
必然の腹部となる　そこに猪の如くもゆる
山の火に　土の小蟻は影を爲して歩む
澎湃たる吹渡りと

山の小道の野苺の實よ
人は生涯の終りに何を得るのであらう
よし力を實現するとも　急《と》くあまりにも急《と》く　同
じき歌を同じき窓邊に聴くにすぎぬ　あゝ幸とは
何んであらう
增大せる男女の髓心にきくもうけがはれず
ひそかに思へば
人の幸とは　石と石にて火を創る晩《すゑ》つ方なる秋の
わびしさである
あたたまらんとしていろり邊に火を作り
薪を割る山仕事のたのしさである
ひくめられたる聲の中に入つてくるねどこのなつ
かしさである

かくて　おお　萬軍の神よ
神あらば　天中の素心を切つて何處にゐます
その造物の主より成り出でたるこの男と女との昔
さま〴〵の物語は
今　青の水平線遥に
暴風の海を渡つて
日向之國は日かげうららかの陽に向ふ山に下され
てゐる

昭和九年四月五日印刷
昭和九年四月十日發行

木葉童子詩經

定價　三圓

著者兼發行者　東京市麻布區今井町八番地　野澤一

印刷者　東京市京橋區築地二丁目四番地　栗原義雄

印刷所　東京市京橋區築地二丁目四番地　富士精版印刷所

本書は、一九三四年（昭和九年）四月に私家版詩集『木葉童子詩経』として刊行されたものを、できるだけ原本に添う形式で、旧漢字・旧仮名遣いで復刻したものです。現在は使われていない漢字用法なども含みます。

石炭袋

野澤一詩集『木《こっ》葉《ぱ》童《どう》子《じ》詩《し》経《きょう》』復刻版

2018 年 12 月 25 日初版発行
著　者　野澤　一
編　集　佐相憲一
発行者　鈴木比佐雄
発行所　株式会社 コールサック社

〒 173-0004　東京都板橋区板橋 2-63-4-209
電話 03-5944-3258　FAX 03-5944-3238
suzuki@coal-sack.com　http://www.coal-sack.com
郵便振替　00180-4-741802
印刷管理　（株）コールサック社　制作部

落丁本・乱丁本はお取り替えいたします。
ISBN978-4-86435-369-4　C1092　¥2000E